スペードの女王

横溝正史

角川文庫
22910

目次

スペードの女王　五
解説　中島河太郎　二五〇

彫物師の妻

世田ヶ谷区緑ヶ丘町にある高級アパート、緑ヶ丘荘の二階三号室。――緑ヶ丘荘の玄関先から門までひと目で見おろせるその部屋が、すなわち金田一耕助《きんだいちこうすけ》の事務所兼住居なのである。

金田一耕助はいま三部屋あるそのフラットのうちの応接室で、ひとりの婦人と対座している。

デスク越しに金田一耕助と対座しているその女は、年ごろ五十くらいであろうか。色白の、ゆったりと小肥りにふとった女で、髪をいまどきとしては珍しい、前髪をふくらました束髪《そくはつ》に結っているところからもわかるとおり、どこかくろうとくさいにおいのする人柄である。

むろん、服装は着物である。薄卵色の地に、濃紫の井桁《いげた》の絣《かすり》のあるひとえを、ゆったりと襟《えり》をくつろげた着こなしといい、細い博多のひとえ帯を、強すぎず、ゆるすぎず、手ぎわよく結んでいるところといい、しろうとのまま、この年まできた女でないことがうかがわれる。

どっかお茶屋のおかみさんという人柄だが、根はひとがよさそうである。

しかし、一方相当百戦練磨の経歴をもつ、いわゆるしたたかものらしいことも、薄化粧をした顔の、小皺《こじわ》のひとつひとつや、抜き襟をした着物の着こなしにもうかがわれる。その百戦練磨のしたたかものらしい、しかも五十がっこうの年ごろの、およそものに動じそうにも思えないこの女が、なんだかひどく神経質になっているようなのが、さきほどから、金田一耕助の興味と好奇心をそそっているのであった。

ほんとうをいうと金田一耕助は、きょうはあんまりひとに会いたくなかったのだ。それというのが、かれはついけさがた、関西のほうから帰ってきたばかりであった。しかも、その関西のほうで相当やっかいな事件を片づけてきたばかりだったから、当分は……いや、少なくともきょう一日くらいは、ゆっくり静養したかったのである。

それにもかかわらず、坂口キクと名乗るこの婦人に、金田一耕助がつい会ってみる気になったのは、相手が五十近い年かっこうの婦人であると、アパートの管理人、山崎さんの奥さんから聞いたからであった。

五十かっこうといえば相当人生経験も豊富なはずだ。血迷って、愚にもつかぬ事件をもちこんでくるようなことはなかろう。……

「ところで……と、ご主人はなにをしていらっしゃるかたですか」

こういう依頼人のつねとして、なかなか話を切り出さないのがふつうである。

坂口キク女もその例にもれなかった。いやに神経質らしく、窓から外をのぞいたり、せっかくつけたたばこを、そのまま灰皿《はいざら》のなかへもみこんだり、なかなか話が本題に入りそうにないのをみると、金田一耕助はとうとう業《ごう》を煮やして、こちらのほうから誘いの水をむけた。

「はあ、あの、それが……」

と、坂口キク女は妙に色っぽい眼をして金田一耕助の顔を見ながら、ふところから扇子《せんす》を取り出しかけたが、デスクの上にまわっている扇風機に気がつくと、すぐまたそれを帯にはさんで、

「そのおとっつぁんはこの春亡くなりましたので……じつはお願いというのも、そのおとっつぁんのことなんでございますの」

「はあ、なるほど。……そういたしますと、なにかそのご主人のご不幸にご不審の点でもおありというわけですか」

「はあ、この春、三月二十日の夜のことでございました。お酒に酔うてふらふらと、新宿御苑《ぎょえん》のそばを歩いているところを、ちかごろはやりの神風タクシーに跳ねられて死んだということになっておりますんですけれど……」

「なっておりますけれど……と、そうおっしゃるところをみると、あなた御自身はそうじゃないと思っていらっしゃるんですね」

「はあ」

と、真正面からきっと金田一耕助の顔を見すえる坂口キク女の瞳《ひとみ》のなかには、なにかしら強い感情とたくましい意志と、それと同時にふかい怯《おび》えの色が交錯している。

この五十女をこのように神経質にするのはいったいなんであろうか。

金田一耕助はまた新しい興味をおぼえて、

「なるほど、それじゃ、その前後の模様をお聞かせねがえませんか。神風タクシーに跳ねられたかどうかは別として、御主人は自動車事故で死亡されたのですね」

「はあ。……場所は新宿御苑のそば、多武峰《とうのみね》神社というお宮さんのすぐそばで、さびしいところでございますの。しかも、おとっつぁん、……いえ、あの、たくの主人が跳ねられたところを、みていたひとはひとりもございません。おまけにその晩たくの主人が、そのへんを歩いてたってことからしておかしいんですの。それをわたしが申しますんですけれど、たかがふるての彫物師《ほりものし》のことなど、どなたもとりあげてくださいませんわね」

「えっ？」

と、金田一耕助はききとがめて、

「ふるての……？　ふるてのなんとおっしゃいました？」

「はあ、ふるての彫物師……つまり、ひとさまの肌《はだ》へ御注文によって、いろいろ図柄を彫る商売でございますわねえ」

ああ、彫物師の妻女なのかと、金田一耕助はちょっと頬笑《ほおえ》ましい感じで、相手の顔を見なおした。それというのがいままで相手の属する階級が、まるで見当がつかなかったからである。

だが、つぎの瞬間、金田一耕助ははっとなにかに思いあたったらしく、

「ときに、ご主人のお名前は……？」

「坂口亀三郎《かめさぶろう》……俗に彫亀でとおっていたひとなんですけれど……」

あっ！　と、小さく叫んで金田一耕助は、メモをとっていた手をやすめると、思わず相手の顔を見なおした。

「これは、これは……」

と、金田一耕助はデスクの上へ、雀《すずめ》の巣のようなもじゃもじゃ頭をペコリとさげると、

「どうもたいへん失礼申し上げました。それじゃ、あなたは彫亀さんのおかみさんでいらしたんですか」

「先生は彫亀をおぼえていてくださいましたか」

「はあ、もちろん。二度ほどお眼にかかったことがございます。それじゃ彫亀さん、お亡くなりなすったんですか」

「はあ、いま申し上げたような事情で……」

金田一耕助はメモの上に眼を落とすと、

「三月二十日の夜の出来事なんですね。新聞に出ましたか」

「はあ、ほんの小いちゃく……先生がお気づきでなかったとしてもむりではございません。たかが彫物師のことですから……」

「いや、そういえば、その前後一ヵ月ほど、ぼくは上方のほうへ行ってたものですから

……それにしてもとんだ御災難でした。あらためてお悔やみ申し上げます」

金田一耕助がまたペコリと頭をさげると、

「はあ、いえ、ありがとうございます」

と、キク女も椅子《いす》から腰を浮かして頭をさげると、そっとハンケチで眼をおさえた。

「それにしても、おかみさん、それならそうとはじめから、彫亀の家内でございますとおっしゃってくだされぱよろしかったのに……」

「はあ、たいへん失礼いたしました。でも、彫亀をおぼえていてくださいますかどうかと思ったものですから……先生のおうわさはちょくちょく主人からうかがっておりました。主人ももちろんまた聞きでございましょうけれど、たいへんな天才でいらっしゃるとか……」

と、この彫物師の妻女はいまにも涙があふれそうな眼つきになる。その眼つきを金田一耕助は、色っぽいと誤解したのだ。

「やあ、いや、どうも……」

金田一耕助は例によって、五本の指でもじゃもじゃ頭をかきまわしながら、

「ときに、彫亀さん、おいくつでしたか」

「はあ、ことしが古希とやらで……」

「ああ、七十でしたか。それにしてはおかみさんはお若いですね」

いってから金田一耕助は、これはとんだ失言をしたかなと思ったが、キク女はべつに

気にするふうもなく、

「十八ちがいの夫婦でございました。彫亀が四十二、あたしが二十四の年にいっしょになって、苦労もしましたが、そのかわりずいぶんかわいがってもらいました」

「そうそう」

と、金田一耕助は思いだしたように、

「彫亀さんにはしっかりもののおかみさんがついていて、新宿かどっかで小料理屋をやってるんで、彫亀さんも気楽にやってけるんだと、いつか警視庁の等々力《とどろき》警部にきいたことがあります。等々力警部、ご存じでしょうね」

「はあ、二、三度うちへいらしてくださいましたことがございます」

金田一耕助が彫亀に会ったのも警視庁でのことだった。

ある重大事件に刺青《いれずみ》のことが関係してきて、その筋のくろうとの鑑定を請う必要が生じたので、その道の第一人者といわれる彫亀の出馬をあおいだのである。

金田一耕助もそのとき二度ばかり会ったのだが、小作りながらいかにも筋金の入っていそうな、シャッキリとした体つきをしていて、垢《あか》抜けのしたきれいなじいさんだったのをおぼえている。江戸っ子だった。

「そうすると、おかみさんは彫亀さんのその御不幸を、たんなる災難じゃない。だれかの意志がはたらいていたんじゃないか、すなわち他殺じゃないかという疑いをもっていらっしゃるんですね」

「はあ、あたしなんだかそんな気がしてなりませんのですけれど……」

金田一耕助はちらと、壁のカレンダーに眼を走らせると、

「それにしても、おかみさん」

「はあ」

「彫亀さんが自動車事故で亡くなられたのは、ことしの春の三月二十日の夜のことだとおっしゃいましたね」

「はあ」

「ところが、きょうはもう七月二十五日ですよ。どうしていまごろになって、またそんなことをいいだされたんですか。いや、それよりなぜもっとはやく、その話をもってきてくださらなかったんですか」

「先生、それにはわけがございますの」

「そのわけというのを聞かせていただこうじゃありませんか」

「はい、先生、ぜひお聞きになってください。わたしの話を聞いていただいてから、先生の御意見を聞かせていただいて、それじゃ、やっぱり交通事故だろうとおっしゃれば、あたしもそれであきらめます。また、たとえ殺されたにしても、いまからじゃ遅すぎるとおっしゃれば、それでもまたあきらめます。でも、いまからでもなにか打つ手があるようでしたら、なんとかして犯人をつかまえて、彫亀のかたきを討ってやってください。それでないとこのままじゃ、なんぼなんでもあのひとがかわいそうでなりません」

「ああ、そう、それじゃ、ひとつお話というのを聞かせてください」

と、金田一耕助が鉛筆を片手にかまえると、彫亀の妻女のキクはハンケチで涙をぬぐって、ポツポツと語りだした。

だが、いまその話を彼女の語ったとおり書きしるしていくことは、あまりにも煩わしいので、ここには三人称を使って、小説ふうに記述していくことにしよう。

菊月の客

それはみぞれまじりのつめたい雨の降る昭和二十九年二月二十八日。……すなわち二月としてはいちばんおしまいの日だったので、彫亀の妻女もよくおぼえているのだという。

その晩、新宿の裏通りにある菊月というおでん屋兼小料理屋の店先へ、妙な客がひとりやってきた。

この菊月というのがすなわち彫亀の妻女の経営している店で、土間でおでんがつっけるようになっている一方、小座敷がふたつほどあって、料理でいっぱいやりながら商談などやれるようになっている。

戦後キク女が粒々辛苦のすえ、ここまで築きあげた店で、きれい好きな彼女の気性を反映して、万事が小ぎれいに、清潔にできていた。

しかし、いかに小ぎれいで、清潔だからといって、場所が場所だけに女がひとりでのれんをくぐるような店ではない。女がくるとすると、キャバレーのダンサーが客につれられてやってくるとか、あるいは女流文士や閨秀詩人《けいしゅう》が、なにかの会のくずれで、男の作家や詩人連中といっしょにくるくらいのものである。

ところが、その晩、菊月ののれんをくぐって、ふらりと入ってきた客というのが、なんと女、しかも全然連れもない、まだ年若い洋装の女だったから、これには亭主《ていしゅ》の亀三郎やおかみさんのキク女が怪訝《けげん》の眼をみはったのもむりはない。

むろん、この店はふたりの住居ではない。

ふたりの住居は東中野にあって、そこが彫亀の仕事場にもなっているのだが、彫亀もよる年なみで、あまり根《こん》のいる仕事はできるだけ引き受けないことにしている。いっぽっくりいかないものでもないからと、三月《みつき》、半年と要するような仕事は、ぜったいに引き受けないことにきめているのである。

じつは妻女のキク女はもうその商売、やめてしまいなさいといいたいのだけれど、それもなんだかかわいそうな気がして、ほんの道楽半分、慰み半分につづけさせているのである。

だから、彫亀は夜になると、たいていこの店へやってきて、店先か、帳場の奥でとぐろをまいている。世間のひろい彫亀は、けっこう客の相手にもなるし、また妻女の手つだいにもなるのである。

この菊月の客のあいだでは、おしどり夫婦でとおっているが、不幸にして夫婦のあいだに子供が生まれなかったので、キク女の姪《めい》の秀子《ひでこ》というのを幼時からひきとり、この秀子に去年養子をとった。養子は実直な会社員だから、そのためにも彫亀は、彫物師という商売から足を洗いたいと思っているのだが。……

それはさておき、昭和二十九年の二月二十八日の晩、菊月へ妙な女客がひとりでやってきたのは、九時ちょっと過ぎのことである。

いつもならばいちばん客のたてこむころあいだが、さっきもいったとおりその晩は、宵《よい》から降りだした雨がいつかみぞれになって、そういう天候のせいか、そのとき、菊月にはほかにひとりの客もなかった。

それにその晩は小おんなのおしんというのも、なんだか下腹がしくしく痛んでならないというのではやく帰して、店にいたのは彫亀とキク女のふたりだけだった。

包丁はキク女がもつので、それがこの店の売り物だった。

亭主の彫亀もおかみさんのキク女も、さっきからなまあくびばかりかみころしながら、こんな晩にねばっていてもしかたがない。電気が惜しいばかりだから、そろそろのれんをひこうかと話しているところへ入ってきたのがその女である。

あとから思えばその女、そういう時刻をねらってやってきたにちがいなかった。

「いらっしゃいまし、さあ、どうぞ」

いつもの客のつもりで、おかみのキク女はなにげなく愛想をふりまいたものの、入ってきた女客の姿をよく見るにおよんで、おもわず眼をまるくした。さらにその女客の背後からだれも入ってこないことをたしかめると、キク女は思わず亭主と顔を見合わせた。

その女はみごとな毛皮のオーバーにくるまっている。ミンクというのであろうと、キク女は女だけに値踏みをした。

ここへやってくるキャバレーのダンサーなどにも、相当豪奢《ごうしゃ》なふうをしているのもあり、いったいどうしてあんな工面ができるのかと、昔ものの彫亀を不思議がらせることも珍しくなかったが、その晩、菊月へやってきた客ほどのなりをした客は、まだこののれんをくぐったことがない。

キク女はちょっとどぎまぎして、

「あのう……どういうご用でございましょうか」

と、ついあわててとんまなあいさつをしたものである。きっと道でもききに立ち寄ったのであろうと思ったのである。

ところが意外にもその女は、

「いいえ」

と、小声でいうと、彫亀やキク女のすぐ鼻先に腰をおろしたから、ふたりはまた顔を見合わせずにはいられなかった。

そうすると、この女、やっぱりおでんがめあてでやってきたのであろうか。

「あのう……」

いい忘れたが女は底の浅い、お皿みたいな帽子をかぶっていて、その帽子からかなり目のつんだベールをたらしているのである。ベールは鼻の上までかかっているので、はっきり見えるのは口だけだった。その唇《くちびる》には濃いルージュが塗られている。

女はベールのなかからおでんの鍋をのぞきこんで、

「それと……それからそっちのをくださいな」

と、黒い、長い手袋をはめた手で、鍋のなかを指さした。

女の指さしたのはがんもどきとふくろだったが、女はその名前を知らないのだろうか。

ここでまた彫亀とキク女は顔見合わせずにはいられなかった。

「はあ、あの……がんもどきとふくろでございますわね」

どうも変なぐあいである。

いつもの連中を相手にするのとちがって、おかみの舌もこわばるらしい。だいち、ございますことばの切り口上でおでんを売るのは、キク女にとっても苦手であろう。

女はおかみが皿にもって出したがんもどきとふくろを、食うでもなく、食わぬでもなく、箸《はし》の先でつつきながら、黙ってうつむいている。

そのようすから見ると、やっぱりおでんを食いにきたのではないらしい。おでんを食いにきたのでないとすると、いったい、この店にどういう用事があるのだろう。なんとなく薄気味悪くてぎごちないのだ。

日ごろから愛想のいいのでとおっているおかみのキク女も、このときばかりはことばの継ぎ穂に困って、ただまじまじと女のベールを見つめるばかりであった。

「みぞれが降っていけませんねえ」

くらいのことはいってみようと思うのだけれど、なんとなくことばが舌の上で凍りついてしまうのである。

彫亀も帳場の奥で、やたらとピースを吹かしていた。

それにしても、いったいどういう女なのであろうか。

顔が見えればいいのだが……いや、おでんを食いにくるのに、ベールで顔をかくしているのからしておかしい。彫亀やキク女が無気味に思っているのもそのことで、濃いベールのために女の顔は、ほとんど見えなかったといってもよかった。

しかし、顔は見えなくとも声や身のこなしでだいたいわかるのだ。年齢は二十五、六、すらりと姿のよい女なのである。

女はあいかわらずうつむいたまま、箸の先をうごかしている。

がんもどきもふくろも、女の箸の先でこなごなになったが、女はそのひときれも口へもっていこうとしない。だいいち手袋をはめたままなのだから、はじめからおでんなど食う気はないにきまっている。

あの手袋の下には何キャロットという、ダイヤの指輪が光っているのではあるまいか。

彫亀とキク女は無言のまま、女のうごかす箸の先をながめている。そして、ときおり気味悪そうに顔を見合わせている。

しらちゃけた、ぎごちない沈黙。……外にはみぞれがわびしい音を立てて降っている。

と、ふいに女は箸をおくと、ベールをかぶった顔をあげて、亭主のほうへむきなおった。ベールの奥でいたずらっぽく女の眼が笑っているようであった。

「あの……失礼ですが、そちらマスターでいらっしゃいますのね」

「えっ？」

と、彫亀はふいをつかれて、どぎまぎしながら、

「へえへえ、あっしがこれの亭主ですが……」

「それでは、あの……彫亀さんというのはあなたですわねえ。刺青の名人とかいう……」

彫亀はまったく虚をつかれたのである。

ぎょっとしたように眼をみはって、女の顔をのぞきこむと、ベールの奥でふたつの瞳《ひとみ》が、宝石のようにキラキラ光っていた。

なあんだ、そうだったのかい――と、彫亀はあらためて女の濃いベールを見ながら、心のなかで舌打ちをした。

それにしても妙な女だ。それならそれともっとはやく切り出せばいいのにと、ベールごしに女の顔をさぐっている。

戦後は刺青がおおはやりである。

戦争中圧迫されていた反動のうえに、一種の解放感と露出狂的な世相も手つだって、

われもわれもと肌に墨をいれ、朱をさす希望者が続出である。兄《あん》ちゃんもやれば姐《ねえ》ちゃんもやった。なかには相当の紳士や紳士の奥さんも、旦那の希望とやらでひそかに背中に錦絵《にしきえ》を背負うのもいた。

彫亀はそれで救われたのである。いや、老後にいたってかれは彫物師としての人生の花を咲かせたのである。

浅草の家は焼けだされ、終戦直後は無一文だったけれど、職人かたぎで彫物の道具だけは焼かなかった。それが役に立ったのだ。

それに戦争中極端に圧迫されていたので、いい職人も残り少なくなっていた。いや、いかに職人がおおぜいいても、彫亀の右に出る名人はいなかった。彫亀のところへは文字どおり刺青の希望者が殺到した。

彫亀は腕によりをかけて彫りに彫った。金もほしかったが、かれとしても老後の傑作を残したくもあったのだ。

さいわい六十前後の年齢で気力もまだ十分だったし、技倆《ぎりょう》も円熟していた。かれは多くの日本人の肌を墨と朱でいろどったが、また外人の肌も相当多く彫った。このほうは出張しなければならないのと、図柄の注文が日本人とちがっているのでやっかいだったけれど、そのかわり、金になることにかけては日本人の比ではなかった。

こうして彫亀の得た収入と、妻女のキク女が新宿へ出した屋台のおでん屋が当たったのとで、東中野にたとえバラックに毛の生えたようなしろものにしろ、三間《ま》ある家ができ、養女に婿もとり、彫亀夫婦も老後にいたって、やっと生活の安定を得たのである。なあんだ、そうだったのかい。……

と、彫亀が心のなかで舌打ちしたというのも、戦後のこういう刺青流行時代を知っていたからである。

彫物が希望というのなら、なにもそうもったいぶって、がんもどきやふくろを切りきざまなくてもいいのである。もっとあっさり切り出せばいいではないか。

「おまえさん、あっしになにか御用でもおありなんですかい」

彫物の客らしいとわかったので、彫亀は急に気が楽になった。新しいピースに火をつけながら水をむけると、

「うっふっふ、ただあたしじゃないの。あたしのお友達がぜひ彫亀さんにお願いしたいっていってるの」

と、相手もやっと用件にこぎつけたので気軽になったのか、ことばつきもいきいきと、いくらか伝法にさえなってきた。

妻女のキクだけが、まだ油断のならぬ眼の色で、ベールの奥の顔をさぐっている。

「へえ……？　お友達がねえ……？」

と、彫亀はピースの煙をふかせながら、せせら笑うような調子である。

初心の客はよくお友達とやらで気をひいてくるものなのだ。

「お友達って、男ですかい、女ですかい」

「もちろん女よ。年ごろもあたしくらい」

ほら、みろと内心つぶやきながら、帳場のなかからのこのことキク女のそばへ出てくると、おでんの鍋ごしに女の顔をのぞきこむようにして、

「それで図柄になにかお好みでもあるんですかい。あっしも年ですからねえ。あんまり根《こん》のいる仕事はごめんだが……」

「いいえ、ほんの小さな模様なの。そうねえ、ちょうどこれっくらいの大きさかしら、ほら、このレッテルくらいよ」

と、女が取りあげたのはそこにあった菊月の宣伝用のマッチである。

「なんだ、それっぽっちの彫物かい。そんならなんにもあっしでなくても……」

「いいえ、やっぱり彫亀さんでなくちゃいけないのよ。立ち寄らば大樹の陰っていうじゃないの。おんなじ彫ってもらうんなら、おじさんみたいな名人でなくちゃあねえ」

「あっはっは、おだてなさんな。そいで図柄というのは……？」

「いいえ、それはそのときいうわ。そうそう、そのひとおじさんのとこへ行くわけにはいかないのよ。だから、出張してもらわなきゃならないんだけど、それはいいでしょう。それだけのことはするつもりだから」

「それゃ、まあ、いいけど……」

「ちょっと、おまえさん」

と、そばからキク女が袖《そで》をひいたが、

「いいよ、おまえは黙ってろ」

と、彫亀は妻女のことばを耳にもいれず、

「だけど、姐さん、いや、奥さんかな。ま、どっちだっていいや、図柄はそのときいうたって、こっちで準備していかなくちゃ……」

「いいえ、そんな心配はいらないの。ちゃんとお手本を見せるわ。ただいっときますけれど、大きさはこれくらいだけど、相当手がこんでますからそのおつもりで……」

「そのおつもりでたって、あっしゃまだ引き受けちゃいねえよ」

「だから、これから引き受けていただくのよ。あしたの晩、十一時ごろはどう。夜遅くて申しわけないんだけど、おじさん、出張していただけるわね」

「どこだね、行く先は」

「新宿御苑のそばに多武峰神社ってのがあるわね。知らなきゃ聞けばすぐわかるわ。町の名前でいうと内藤町」

「で、お屋敷の名前は……？」

そのとき彫亀はまだはっきりと、引き受けようと心に決めていたわけではない。ただ、どういう女なのかと好奇心から、いくらかでも相手の素姓がわかりはしないかと、ことばがたきになっていただけのことなのである。

だが女は椅子から立ちあがると、

「それじゃ、おじさん、お約束してよ。明晩かっきり十一時に、多武峰神社の前まできててちょうだい。そこまで自動車で迎えにいきます。じゃ、これ、お約束のしるし」

女がハンドバッグのなかをさぐっているので、おでんの代金を払っていくのだろうと思っていると、百円札三枚のほかに、手の切れるような千円紙幣の束を三つ、たたきつけるようにそこへおくと、

「明晩十一時、多武峰神社の前。忘れないでね」

鋭い、命令をするような口調でいうと、あっというまもない。のれんをくぐって女はさっと外へとびだしていた。

さすがものなれたおかみさんのキク女も、このときばかりは、すっかり毒気をぬかれたかたちであった。

茫然《ぼうぜん》としてそこに突っ立っていたが、やがて、やっと気がついて、おそるおそる千円紙幣のほうへ手をのばしてみると、十枚ずつの束がつごう三つ。

「あら、おまえさん、どうしよう。三万円おいてったよ」

「返してこい、そんなもの！」

彫亀が吐き出すようにどなりつけるまでもない。キク女はその札束をわしづかみにして、

「あなた、あなた、ちょっと、ちょっと……」

と、のれんの外へとび出して、みぞれのなかを大通りまで出てみたが、ベールの女の姿はもうどこにも見えず、自家用車らしい大型のセダンが、雨に濡れた電車道路をはる

かに遠ざかっていくのが見えた。

「おまえさん、どうするのよう、あんなこと引き受けていいのかい。あたしゃなんだか気にかかってなりませんよ」

雨のなかをキク女が引き返してくると、

「おれだって、なんにも引き受けるつもりはなかったんだ」

まんまと女にしてやられたような気がして、彫亀ももちろん上きげんではなかった。プスッとした顔でやたらにたばこを吹かせながら、

「話がすこし妙だから、もっとたぐり出してやれと思っているうちに、こんな羽目になっちまった。しようがねえやな」

「しようがねえやなって、おまえさん、よしてちょうだい。なんだかふつうでないようよ。つまらないかかりあいになってもばからしいし、それに年寄りに夜の十一時はむりよ」

「それもそうだが、それじゃ、その三万円はどうするんだい。おれも彫亀だ。ネコババにするわけにもいくめえ」

「ほんとに困っちまったわねえ」

キク女はいまにも泣きだしそうな顔をしているが、彫亀は内心しだいにおもしろさがこみあげてくるのである。

こういう稼業《かぎょう》をしていると、思いがけない他人の秘密をのぞくことがしばしばある。

あのひとが……と、思われるような御婦人の背中に、クリカラモンモンが背負われているということを、知っているのは御当人に旦那《だんな》さま、それからかたく口止めされている彫物師だけであるというような例を、彫亀は相当かず多く知っている。

それにある種の人間にとって、刺青はセックスとつながっているらしいということも、ながい経験から彫亀は知っているのだ。したがって、そこにはのぞきに似た秘密の興味もあるのだった。

「べらぼうめ。こちとら商売で彫っているんだ。そんなことといちいち気にしていられるかい。そんなときにゃお医者さんみてえな気持ちでいるんだ」

と、口ではいちおう悟りすましたようなことをいっているものの、そこはやはり生身《なまみ》の人間である。御婦人のきわどいところへ彫るときは、やはり生唾《なまつば》をのむこともある。

ことにこんどの場合、いやに秘密らしいのが、彫亀の好奇心をそそったのだ。

三万円という手付金も手付金だが、秘密というもののもつ魅力が、彫亀を強く誘惑したらしいこともたしかである。

だから、その翌晩すなわち三月一日の晩、キク女があぶながって、とめたのだけれど、

「べらぼうめ、まさかこんな年寄りを、煮て食おうの、焼いて食おうのとはいうめえよ。乗りかかった舟だ。最後まで見とどけなきゃ腹の虫がおさまらねえ。それに三万円という金をどうするんだ。まさか警察へとどけるわけにもいくめえが」

そういわれてみると、キク女もそれ以上とめるわけにはいかなかった。

壁の中のオルゴール

「なるほど、それで、彫亀さんはその翌日、すなわち三月一日の晩、約束どおり出向いていかれたわけですね」

キク女がひと息いれたところで、金田一耕助は台所の冷蔵庫から、ジュースを二本さげてくると、それをすすめながら、ことばをかけた。

「はい、いいだしたらあとへ引かぬひとですし、それにあたしも三万円が気になったもんですから……いまから思えばまんまと女の手にのったわけですわね」

「それで、出先のことは聞いておいでになりましょうねえ」

「はあ、それはもうくわしく聞かせてもらいました。あのひとの稼業のことですから、いつもはそんなにしつこくほじくるあたしじゃないんですけれど、そのときばかりは虫が知らせたというのか、根掘り葉掘りきいたんです。あのひともすこしおかしいと思ったのか、珍しくなにもかもあたしに話してくれました」

「ああ、そう」

と、金田一耕助はふたたびメモをひきよせると、

「それじゃ、彫亀さんからお聞きになっていらっしゃることを、できるだけくわしく話してください。どんなつまらないと思うことでも、なにかの参考になるかもしれません

からね」

「はあ……」

彫亀の妻女はジュースのコップにストローをさしたまま、デスクの上におくと、また改めて話しだしたが、ここではいままでと同じようにその話を、三人称で書いていくことにしよう。

三月一日の夜十一時。

彫亀が約束どおり、新宿御苑わきの多武峰神社のほとりまで行くと、まもなく自動車が一台やってきて彫亀の前へとまった。見るとベールの女が窓ぎわにすわっていた。

そのときのことについて、彫亀はあとでつぎのように語ったそうである。

「そんとき、自動車の番号でも見ときゃよかったんだが、しかし、まさかあんなことになろうとは思わなかったんで、いまになってみるとそれが残念でたまらねえ。ああ、その自動車ってえのがタクシーやなんかじゃなく、たしかに自家用車のパリッとしたやつだったよ。なんという車かおれにゃそんなことまではわからねえが、大型のピカピカ光る、たぶん外国の車なんだろうね。運転台にも運転手もいたんだが、こいつも大きな埃《ほこり》よけの眼鏡をかけていたし、それに防寒帽というのかえ、厚ぼったい帽子をまぶかにかぶり、オーバーの襟《えり》をふかぶかと立てていたので、人柄のほうはさっぱりわからねえ」

彫亀のいうあんなこととはこうである。

自動車が走りだすとまもなくベールの女が、念のために眼かくしをさせてほしいといい出したのだ。

「これにゃおれも驚いたが、あんまり尻《しり》ごみするのもなんだか意気地がねえような気がしたもんだから、ええ、こうなりゃままよ、こっちも江戸っ子だい、どうにでも勝手にしやあがれと、つい女のいうなりになってしまったのさ。なんだか薄気味が悪かったことは悪かったんだが、どうにもしようがねえもんな」

女は真っ黒な絹地のマフラのようなもので、しっかりと彫亀の眼かくしをした。眼かくしのすきから見えはしないかと、ずいぶん念入りな眼かくしだった。

こうして眼かくしをされた彫亀は、どこをどういうふうに走ったのかまるで見当がつかなかった。まっすぐに目的地まで突っ走ったのか、それともあちこち回り道をしたのか、眼かくしをされている彫亀には、まもなく方角の見当もつかなくなった。

こうして四、五十分も走りまわったのち、どこかの門を入るけはいがしたかと思うと、まもなく自動車はぴったりととまった。

ここで眼かくしをとられるのかと思っていたら、そうではなくて、

「もう少し辛抱してちょうだい」

ベールの女は彫亀の手をとって自動車からおろすと、

「運転手さん、あんたそちらから手をひいてあげてちょうだい。彫亀さんがころんだりするといけないから……」

自家用車の運転手をつかまえて、運転手さんはおかしいが、おそらく名前を聞かれた

くなかったのであろう。

彫亀はモジリを着た両袖を左右からとられたが、運転手もベールの女も手袋をはめていた。運転手は皮の手袋をはめていたが、それでもそのてのひらの感触から、肉体労働をしたことのない、やわらかなてのひらであることが感じられた。

玄関はあまり広くはなかった。玄関を入ると雪駄《せった》の裏に感じられるのは、ゴッゴッとしたコンクリートかタタキの感触である。にわかにむっと空気がこもるのがわかり、遠く、かすかに、ジャズかウェスタンらしい、騒々しい音楽の音が聞こえてきたのだが、それはラジオかテレビだったろうか。まるで蜂《はち》のうなりのようなかすかなひびきだ。

玄関へ入るとすぐ階段だが、その階段はとてもせまくて、三人ならんでは歩けなかったので、ベールの女が先に立ち、運転手が彫亀の手をとった。その階段もゴッゴッと雪駄の裏の感触である。

こうしているあいだも女や運転手が、絶えずあたりに気をくばり、無言のうちにも彫亀をせきたてるのは、おそらくかれの姿をひと目にふれさせたくはなかったからであろう。彫亀がわざと階段につまずいたりすると、女がじれったそうに舌打ちをした。

やっと階段を上がりきると、あたりがにわかに広くなったような気がした。廊下らしいがこんどは三人ならんで歩けるところをみると、相当広い廊下なのだろう。やがて雪駄の裏の感触が、にわかにやわらかくなったのは、廊下に絨毯《じゅうたん》がしいてあるのだろう。

あの蜂のうなりのような音楽の音は、もう聞こえなくなっている。

彫亀はさっきから、視界はさえぎられているにしても、せめて耳からでもここが東京のどのへんか、知っておきたいと思うのだが、あたりはしいんとしずまりかえって、おりおり自動車の警笛が聞こえるくらいのもので、これといって特徴のある音響も聞こえない。

してみると、ここは東京の郊外か、それとも環状線の内部にしても、どこか山の手の一画にちがいない。

廊下を十五、六歩あるいたところで、彫亀の両腕をとっているふたりが立ちどまった。

「運転手さん、あんたこのひとの腕をとっていてちょうだい。あたしが鍵《かぎ》をあけるあいだ……」

女の声が低くしゃがれているのは、相当興奮しているせいらしい。

やがて、カチリと鍵をまわす音がして、ドアがひらいたけはいである。

「さあ、はやく……」

彫亀はふたりに両手をとられてドアのなかへ入ったが、そこはまだ目的の終点ではなかったとみえて、女はさらに第二のドアをひらいた。そして、彫亀をそのドアのなかへつれこんだが、この時分から女はやっと落ち着いてきたようである。

「運転手さん、御苦労さん。彫亀さん、もう眼かくしをとってもいいわよ」

女のお許しが出たので彫亀がおそるおそる眼かくしをとってみると、そこは真っ赤な絨毯をしきつめた、天井の高いりっぱな洋間で、広さは十二畳じきくらいもあろうか。

その一隅《いちぐう》にすえてあるのが、ベッドであるということくらいは彫亀にもわかった。ただこのベッドには四隅に柱がたっていて、それが天蓋《てんがい》をささえている。その天蓋からふっさりと四方に厚いカーテンが垂れていた。カーテンの色も真っ赤である。

部屋のなかにはそのほかに三面鏡や洋服ダンスがおいてあり、その他の調度類からして、ここが女の寝室であることはわかるのだが、すべてがおそろしく豪奢《ごうしゃ》にできている。

「運転手さん、あんたもういいわ。つぎの部屋で待っててちょうだい」

その声に彫亀は気がついて、運転手の顔を見ようとふりかえったが、あいかわらず埃よけ眼鏡や防寒帽で、顔は全然見えなかった。ただ、背の高さは五尺七寸くらいだったろう。

運転手は無言のまま出ていこうとしたが、そのとき突然妙なことが起こった。部屋のどこからかかすかな音楽の音が聞こえてきたのだ。

彫亀がいかに昔ものでもそのひそやかな音楽の音が、近ごろ眼ざまし時計などに使われる、オルゴールの音らしいくらいのことはすぐわかった。三人はいっせいにそのほうへ眼を放ったが、それは三面鏡の上にかかっている、女の裸体画の背後からしかった。

このときの女の狼狽《ろうばい》ぶりったらなかったそうで、彫亀はたびたびそのことを妻女のキクに語ったという。

女はまるで足の裏から電流でも通されたように、ギクッと床の上でとびあがった。ベールのなかで女の顔が、一瞬白蠟《はくろう》のようにこわばるのが感じられた。

しかも、壁のなかではオルゴールが依然として鳴りつづけている。

「あんた、出ていって、出ていって！」

まごまごしている運転手を、女はむりやりに部屋の外へつきだすと、あとからぴったりドアをしめて鍵までかけた。

それから彫亀のほうへベールの奥から、例の宝石のような眼をむけると、

「彫亀さん、あんたすまないけどもう一度眼かくしをしてちょうだい。なんでもいいから眼かくしをしてちょうだいってば！」

彫亀が茫然としていると、女は鞭《むち》でひっぱたくように鋭く舌を鳴らした。

壁のなかでは依然として、オルゴールがひっそりと鳴りつづけている。

「姐さん、ありゃ眼ざまし時計じゃないのかねえ」

彫亀があざけるようにマチスまがいの裸女の油絵に眼をやると、それが女の怒りに油をそそいだらしく、

「お黙り！　なにをぐずぐずしているのよう。眼かくしを……はやく眼かくしをしないか。いいよ、あたしが……」

女は低い金切り声で叫んだかと思うと、いきなり彫亀におどりかかって眼かくしをしてしまった。まるで牝豹《めひょう》のようなたけだけしさである。

「じいさん、いいかい、あたしがいいっていうまで眼かくしをとっちゃきかないわよ。あたしはこれで相当怖い女なんだから、そのつもりでおいで」

女の声には剃刀《かみそり》のような、ひやりとした冷たさがあった。

彫亀はそれほど臆病《おくびょう》な男ではなかった。この奇妙な状態で、このような奇妙な部屋へつれこまれても、べつに恐れはしなかったが、このときの女の異様なすさまじさと、剃刀のような冷酷さをおびたことばのひびきには、さすがにひやりと肝をひやさずにはいられなかった。

なるほど、この女ならなにをしでかすか知れたものではない。

彫亀がすなおに眼かくしをされたまま立っていると、女は額をはずして、なにやらごそごそやっているけはいであった。

彫亀はまだ若いころ、外国映画で壁のなかに、かくし金庫のある場面を見たことがある。壁のなかのかくし金庫に、宝石をギッチリつめた宝石函《ばこ》がおさまっている映画であった。

しかも、いつか菊月へきたキャバレーの女が、客にもらったのだといって、オルゴールつきのきれいな函を見せたのを彫亀はおぼえている。ふたをひらくとオルゴールが鳴る仕掛けである。いったい、そういう函をなにに使うのかときいてみたら、ふつう宝石類をいれるのだときかされた。

この女もかくし金庫のなかに、オルゴールつきの宝石函をかくしているのが、思いがけなく鳴りだしたので、驚きもし、狼狽《ろうばい》もしたのだろう。

それにしても、どうしてオルゴールが鳴りだしたのか……？　彫亀が知っている宝石函は、ふたをひらくとオルゴールの鳴る仕掛けになっていたが、ふたがしぜんにひらくわけがない。それともいま鳴っているのは宝石函ではなくて、眼ざまし時計なのだろうか。しかし、かくし金庫のなかで眼ざまし時計が鳴るというのはおかしい。……

だが、のちにして思えば、このとき彫亀が壁のなかのオルゴールを聞いたということが、あとに述べる事件解決のための、重大なキーとなったのであった。

眼かくしをされた彫亀は三面鏡の前に立っているらしい、女のあらい息使いをきいた。女はかくし金庫のなかからなにやら取りだして、読んでいるらしかった。紙をまさぐるような音が聞こえた。

やがて、紙をもむような音が聞こえたかと思うと、女は鍵をまわしてドアをひらいた。そして、運転手をよびこむとなにやらひそひそ話をしていたが、やがて運転手が彫亀の手をとった。

「彫亀さん、すまないけど眼かくしをしたまま、ちょっと隣りの部屋で待っててちょうだい。すぐだから……」

彫亀が眼かくしをされたまま隣りの部屋へつれていかれると、すぐあいだのドアがしまったようだ。カチリと鍵をかける音がした。

「どうしたんです。いやに手数をかけるじゃありませんか」

彫亀が口をとがらせたが運転手の答えはなかった。どうやらかれはドアに耳をつけて、隣室のようすをうかがっているらしい。隣室ではどこかへ電話をかけているらしかったが、女が声を殺しているので、ドアに耳をつけていても聞こえたかどうか。

やがて、電話がおわったらしく、ふたたび鍵をまわす音がして、

「さあ、彫亀さん、こっちへきてちょうだい。運転手さん、あんたはここで待っているのよ」

運転手が彫亀を寝台のある部屋へおしこむと、女はまたドアをしめて鍵をかけた。

「いいわよ、じいさん、もう眼かくしをとっても……」

女の声はひどく不きげんだった。

彫亀がおそるおそる眼かくしをとってみると、ベールの奥で女の眼が、蛇《へび》のようにギラギラと光っている。

女が腕時計に眼をやったので、彫亀も帯にはさんだ懐中時計を出して見ると、時計は十二時十二分。すると、さっきのオルゴールは正十二時に鳴りだしたものらしい。

「つまらないことに時間をくったわ。さあ、さっそく仕事にかかってちょうだい。道具は持ってきてるんだろうね」

「あいよ、道具ならここに持ってるよ」

女の口のききかたが横柄《おうへい》になったので、彫亀もつい中《ちゅう》っ腹になる。

「おまえさんのどこへなにを彫るんだね」

「あたしじゃないのよ。バカねえ。ゆうべもいったじゃないか。お友達だって」

「そのお友達ってどこにいるんだい、さっきの運転手さんかい」

「あんなことといってる。女だといったじゃないか、ほら、ここにいるよ」

女はベッドのそばへ寄ると、カーテンのなかへ上半身をつっこんで、しばらくもぞもぞしていたが、やがてカーテンを左右にひきしぼると、

「さあ、どうぞ」

と、彫亀のほうをふりかえった。

そのとたん、彫亀は思わずぎょっと眼をみはって、大きく息を吸いこんだ。

カーテンでかくしてあったのと、あまり静かだったのとで、彫亀もいままで全然気がつかなかったのだけれど、そこにはもうひとりの女が仰向けに寝ているのである。

しかも、その女のかっこうといったら！

顔は見えなかった。

ベールの女がわざとかくしたのだろう。顔の上に大きなタオルがかぶせてあった。ところがそのスカートがたかだかとまくりあげられ、しかも、ズロースもむしりとられているので、下半身はむざんな露出を見せているのだ。

「ね、姐ちゃん」

と、彫亀は思わずそこから眼をそらすと、

「こ、これゃいったい、ど、どうしようというだ」

「だから、そのひとの左の内股《うちまた》に刺青をしてもらいたいのよ」

「い、刺青って、ど、どんな……」

「ちょっと待って。いまお手本を見せてあげるわ」

女がむこうをむいているまに、彫亀はもう一度ベッドの上に寝ている女のほうへ視線を投げて、そのきわどい肢態《したい》に息をのんだ。

顔が見えないのではっきり年がっこうはわからないが、だいたいベールの女と同じ年ごろだろう。色白の肌のきめのこまかな、いかにも墨や朱ののりそうな体であった。近ごろの娘らしく、すんなりと伸びたよい脚をしている。

それにしてもこの女、あんなになにもかもむきだしにしていて、恥ずかしくもないものか。身動きひとつしないところをみると、ひょっとすると死んでいるんじゃあるまいか。

彫亀はにわかに心臓がドキドキしてきて、額《ひたい》からベットリ汗が吹きだしたが、そのときふと気がついたのはベッドの枕《まくら》下の小卓に、そなえつけてある卓上電話である。

ああ、なるほど、それじゃこのカーテンのなかから電話をかけていたのか。それでは運転手ふうの男が隣りの部屋の、ドアに耳をつけていてもおそらく聞こえはしなかったろう。

「ちょっと、おじさん」

だしぬけにうしろから声をかけられてふりかえった彫亀は、ベールの女のポーズを見ると、またごっくりと生唾をのまずにはいられなかった。

オーバーをぬいだベールの女は、左脚を椅子《いす》にのせ、スカートを股のあたりまでたくきしあげている。さすがにかくすべきところはかくしているが、靴下《くつした》もぬいでしまってきわどいところがむきだしになっているのだ。

むっちりと脂肪ののったその股の、弾力をもったしなやかさといい、その肉づきのゆたかさ、また、きめの細かな肌の色艶《いろつや》といい、まぶしいばかりの若さとたくましさにあふれていて、ことし古希をむかえた彫亀のような老人でも、なおかつ血管のなかの血がさわぐのをおぼえずにはいられなかった。

しかも、その左股の内側、きわどいところすれすれに、トランプのカードが一枚彫ってある。それはスペードのクイーンなのだが、なるほどゆうべ女がいったとおり、マッチ箱ほどの大きさだった。

「彫亀さん、なにをそんなにびっくりしているのさ」

と、女はベールの奥から鋭く彫亀を見て、

「おまえさん、ひょっとすると、あたしのこの刺青に見おぼえがあるんじゃないのか」

「ば、ばかなことをいっちゃいけねえ。おまえさんのそんなだいじなところを、他人のおれが知ってるはずがねえじゃねえか」

「いいえさ、この刺青を彫ったのはおまえさんじゃなかったのかい」

「あれ、姐ちゃん、おまえいよいよ変なことをいうじゃねえか。自分で彫らせたその彫物の彫物師が、おれじゃなかったくらいのことはわかってそうなもんじゃないか」

女の眼がまたベールの奥で、蛇のように光ったが、それでも彫亀の落ち着きはらった

態度に疑いがはれたのか、

「そんなことはどうでもいいわ。それより彫亀さん、彫ってくれるだろうねえ。これとおんなじ彫物を……」

「こっちの姐ちゃんの内股にかい？」

「ええ、そう、それもあしたの晩までによ」

「あしたの晩……？　それじゃあしたの晩またここへくるのかい」

「いいえ、ここに泊まってもらうのよ。刺青ができあがるまで……」

彫亀はぎょっとしたように相手の顔をのぞきこんだが、すぐあきらめたように肩をゆすって、

「それじゃおれをここへ生け捕りにしとこうというのかい」

「いいじゃないか、ひと晩くらい。あさっての朝までには帰してあげる」

「それゃ、いいが……」

と、彫亀はまぶしそうな視線をベッドの上に投げると、

「知ってるのかい、この姐ちゃん、承知のうえだろうねえ」

「それゃ、もちろん、承知のうえさ」

「だけど、いっぺんこの姐ちゃんからじかに話をききたいね。だいじな体をよごすんだから、御当人の承諾なしじゃ……」

「ところがこのひと寝てるのよう」

「ええ、そう、刺青をしたいのはやまやまだけど、痛いのはやだからって、自分でどっさり薬をのんで寝ちまったのさ」

彫亀はまじまじとベールのなかに光る女の眼を見ていたが、

「姐ちゃん、おれがいやだといったら……？」

「じいちゃん、あんたはいやだといわないわよ、きっと……」

氷のようにひややかな声である。しかも、そのひややかな声の底には、さすがに甲羅《こうら》をへた彫亀をさえ、ゾーッとさせるような非情なひびきがあった。

「いいよ、姐ちゃん、負けたよ。じゃ、そのお手本というのを、もっととっくり拝ませてくんな」

彫亀はモジリを脱ぐと、職業的な手つきでさげてきたカバンをひらいた。

首のないスペードの女王

「それじゃ、結局、彫亀さんはベールの女の要求するとおり、ベッドの女にそっくり同じ刺青《いれずみ》をなすったんですね」

この奇怪な物語に金田一耕助は少なからず興味をおぼえた。

なるほど、この事件の裏にはなにかありそうだ。……

直感的にそう感じとった金田一耕助が、メモをとる手をやすめてキク女を見ると、彼女はいささか語りつかれたのか、いくらか青ンぶくれた顔をして、ぐったりと椅子のなかに体を埋めている。

「ああ、おかみさん、お疲れになったんですね」

「金田一先生、その扇風機をお消しになって。なんだか気分がいらいらして……」

「ああ、そう、これは失礼しました」

と、金田一耕助は卓上に回転している扇風機を消すと、

「なんなら冷たい飲み物でも持ってきましょうか」

「はあ、なんならお冷水《ひや》を一杯……ジュースは甘くていけませんから……」

「ああ、そう」

金田一耕助が水に氷塊を浮かしてくると、キク女はさもうまそうにそれで口をうるおしたのち、額の汗をふき、しずかに扇子で風を送りながら、

「どうも失礼いたしました。いけませんわねえ。もう年齢だなんて思いたくないんですけれど、おとっつぁんがあんな死にかたをしてから、すっかり意気地がなくなってしまって……それにあの事件がなんだかいまでも尾をひいているような気がしてなりませんの」

と、キク女は思い出したように椅子から乗りだし、眼の下に見えている緑ヶ丘荘の門のあたりを、不安そうに見回している。

「おかみさん」

と、金田一耕助も心配そうにその顔を見て、

「あなた、だれかに尾行されてるようなけはいでもあるんですか」

「あら、まあ、いえ、いえ、とんでもない」

と、キク女は扇子をふって打ち消すと、

「ばかねえ、あたしったら……年がいもなくすっかりおびえちまって……」

「おびえるとおっしゃると……？」

「いえ、あの、それよりさっきのお話のつづきをいたしましょうか」

「はあ、そう願いたいんですが、じゃ、こうしましょう。おかみさんはなんだかお疲れのようすだから、一問一答といきましょう。ひとつぼくの質問に答えてください」

「はあ、どうぞ」

「それじゃ、さっきもお尋ねいたしましたが、彫亀さんはその女……ベールの女の要求に応じて、ベッドの女の内股に同じスペードのクイーンの刺青をなすったんですね」

「それと申しますのがねえ、先生」

と、キク女はいくらか元気づいた体を椅子の上からのりだすと、

「主人はそのベールの女を知ってたそうですよ」

「ご存じだったというのは……？」

「前に一度会っているんでございますの。ただし、そのときも顔は見なかったそうです。

ですからその女が内股の刺青を見せるまでは気づかなかったそうですけれど、その刺青を見せられたとたん思いだしたんですわねえ。それ……そのスペードのクイーンの刺青は、七年ほど前にうちの主人がやったものだったそうです」

金田一耕助はキク女の顔を正視して、

「そうおっしゃれば、さっきのお話しっぷりでもそれを感じたのですが、それでいて女のほうでは彫亀さんを忘れていたんですか」

「いえ、それがそうではなくて、そのときもこんどとおんなじだったそうです」

「こんどとおんなじだとおっしゃると……?」

「いえ、なんでも、酔っぱらっているのか、薬をのまされていたのか、とにかく正体もなく寝ている女の内股へ、その女の旦那という男にたのまれて、スペードの女王の刺青をしたことがあるそうです。だから、ベールの女とはそのときの女にちがいないと、主人はいってたんですけれど……」

「ああ、そう、そうすると、ベールの女の旦那さまはわかっているわけですね」

「はあ、中国人だったそうですよ。陳《ちん》……なんとかいってましたっけ」

金田一耕助はギクッとしたようにメモから眼をあげると、

「すると、その女、中国人の妾《めかけ》かなんかだったんですか」

「どうもそうらしかったと主人は申しておりました。そのときもふた晩かかったそうですが、でも、こんどみたいに閉じこめられたりなんかしないで、ふた晩通ったんですわね」

「ああ、そうすると、陳……なんとかの居所はわかってるんですね」

「いえ、ところがそのとき通ったのは東銀座の、昭和通りの近くの焼け残りのビルだったそうですが、こんどのことがあってからそちらのほうへ行ってみたところが、あのへん、すっかり変わってしまって、焼けビルもあとかたもなくなっていたそうです。なにしろそれ、いまから七年前の昭和二十二年のはじめのことでございますからね」

「ああ、なるほど。だけど彫亀さんはそのときも女の顔をごらんにならなかったんですか」

「はあ、それがなんでも、そのときはべつに女の顔はかくしてなかったそうですけれど、ふた晩とも電気を消して部屋のなかが暗くしてあったそうです。そうして、ベッドの上に寝ている女のそこだけ……つまり、彫物をする箇所だけですわね。そこだけに強い光線があたるようにしてあったそうです」

「そして、そのときも女は正体なく寝ていたんですね」

「はあ、陳とかいう男のことばによると、痛いのはいやだから酒をのんで寝てる……とかいってたそうですけれど、それはうそで酒をのんでるふうはなかった。きっと強い眠り薬でものんでたんだろうと、主人は申しておりましたが……」

「それで、陳という男はどういう口実で、そんな彫物を彫亀さんに依頼したんですか」

「いえ、それは彫亀もきかなかったそうです。なにしろその時分あたしども、とても困っておりまして、主人も金にさえなればなんでも……と、いう時分でございましたし、それに報酬がとてもよかったんだそうで、それでつい……」

と、キク女はいかにも恐縮そうに、

「それに、女の浮気封じに、そういうきわどいところへ彫物をするということも、ままあるならわしだそうで、うちのひともそれほど気にもとめなかったそうですが、あとで聞くとその陳というのが、とてもすごいやつだそうで、まあ、当時のヤミ屋のボスみたいな男だったとわかって、その時分、主人もなんとなく眼ざめが悪かったそうです」

「ところで、その女、当時いくつくらいだったんです。顔を見なくても肌の色艶やなんかで、彫亀さんみたいなひとならわかるはずだと思うんですが……」

「そうそう、二十前後だったろうといってました。そういえば、この春、うちの店へきたベールの女は二十六、七、八というところでしたから、まあ、ぴったりするわけですわね」

「それを、彫亀さんは彫物を見たとたん思い出したわけですね」

「はあ、なにせ自分がやった彫物でございますからね。ねえ、先生」

「はあ」

「中国人のヤミ屋のボスの妾になっていたくらいの女ですから、その女も相当すごいやつにはちがいございませんわね」

「それゃ、もちろんそうでしょうね」

「それで、意気地のない話だけれど、女にいわれるままに彫ってきたと、主人も苦笑いをしておりました」

「ひと晩お泊まりになったんですね」

「はあ、はじめの晩、明け方ごろまでかかって筋彫りをすませ、それから疲れたろうからと御酒《ごしゅ》をごちそうになったそうです。あのひと、酒ときたら眼のないほうですから……」

「御酒というのは日本酒？　洋酒……？」

「もちろん、日本酒で、お銚子《ちょうし》に二本つけてくれて、オミオツケの熱いのであったかい御飯をごちそうしてくれたそうですよ。そういう点、いたれりつくせりだったということです」

「それで、寝たのは……？」

「なんでも女の寝ている隣りの部屋……と、いっても廊下のほうへつながってる部屋じゃなくて、べつにドアひとつでいきいきになってる部屋にベッドがあって、そこへ寝かせてくれたそうですが、そのとき、女がいったそうです」

「なんといったんです」

「この部屋には完全な防音装置……と、いうんですの、音を防ぐ仕掛けがしてあるから、どんなに泣いても叫んでもだめだって……」

「ああ、なるほど。一種の威嚇《いかく》ですね」

「はあ、ですから主人もいってやったそうですよ。子供じゃあるまいし、そんなばかなまねができるもんか。まさかこれしきのことで命までくれとはいうまいと……」

「ふむ、ふむ、そしたら……？」

「そしたら女のいうのに、おとなしくこっちのいうとおりにしてくれさえしたら、あしたの朝までにおかみさんのところへ帰してあげるって。それで、主人も度胸をきめて寝っちまったんですわね」

「ふむ、ふむ、それから……？」

「はあ、主人が一杯のんで御飯を食べて、ベッドに横になったのが、朝の九時ごろのことだったそうです。それでぐっすり眠ってこんど眼をさましたら夕方の五時ごろだったそうで……あのひと、年寄りのくせにとてもよく寝るひとでしたから……」

「ふむ、ふむ、それで……？」

「はあ、あのひととしてもくやしいもんですから、ここがどこだか、なにか見当くらいはつけてやろうと思って、部屋を見まわしたそうですが、窓やなんかもぴったりしまっていて、鎧戸《よろいど》やなんかにもいちいち厳重に鍵がかけてあったそうです」

「なるほど、なかなか用心堅固なんですね」

「はあ、ですからやっぱりよほど悪いことをするやつの部屋にちがいないって、主人も申しておりました。そうそう、その部屋におりますと、ちっとも外の音が聞こえないんですって」

「なるほど、完全な防音装置がほどこしてあるんですね。それから……？」

「はあ、それから主人がまごまごしていると、まもなく運転手のほうが入ってきたそうです」

「やっぱり顔をかくして……？」

「はあ、もちろん」

「それで……？」

「顔を洗いたいといったら、風呂《ふろ》をつかわせてくれたそうです。その部屋に便所や風呂がついてるんですね。それから、なにが食べたいと聞くもんですから、うなぎが食べたいというと、まもなくうなどんにお銚子を一本つけてもってきたそうです。そのうなぎが温かかったところからみると、すぐ近所に仕出し屋があるにちがいないと主人は申しておりました」

「それから、またお仕事をはじめられたわけですか」

「いえ、食事がすむとその男は、そのまま部屋を出ていって、主人は十二時近くまでまたその部屋へ閉じこめられていたそうです。十二時近くになってやっとベールの女がやってきて、主人を隣りの部屋……つまり、女が寝ている部屋へつれてったそうです」

「女はやっぱり寝ていたんですか」

「はあ……だいたい、前の晩とおんなじような状態だったそうです。それからさっそく仕事をはじめて、明け方の四時ごろまでにしあげたんだそうですが、そうそう、そのあいだにラーメンを一杯ごちそうしてくれたと笑っていました」

「そのあいだじゅうベールの女が付き添っていたんですね」

「はあ。……」

「それから……？」

「首尾よく彫りおわると女は自分の内股を鏡にうつしてくらべてみて満足して礼をいったそうです。それから運転手を呼ぶとまた眼かくしをして、多武峰神社の前まで送ってきたというんです」

「そのとき、自動車のナンバーは……？」

「主人もこんどは見てやるつもりでいたそうですけれど、敵もさるもの、うしろの明かりが消してあり、しかも主人を降ろすとまっしぐらに走り去ってしまったそうです」

「それじゃ、彫亀さんがお宅へ帰ってこられたのは、三日の明け方のことですね」

「はあ、明け方の五時ごろのことでした。四谷の通りから自動車を拾ってきたといってましたが……あたしはもう心配で、心配で、ふた晩寝ずじまいでした。もう一日帰ってこなかったら、警察へとどけるつもりだったんですけれど、主人たら案外のんきで、かえっておもしろがっていたんです。でも……」

「でも……？」

「はあ、仕事ができあがったとき、女は謝礼としてまた三万円くれてるんですけれど、あれっぽっちの仕事に六万円とは……と、それには主人も気味悪がっていたんです」

「六万円ねえ」

金田一耕助は黙ってしばらく考えていたが、

「それで、彫亀さんはその家というのがどのへんにあるか、全然見当がおつきじゃなかったんですか」

「はあ、でも、新宿御苑から案外近いところじゃないか。そんな気がするって申しておりましたけれど……それをごま化すために、ぐるぐる遠まわりしてたんじゃないか。……そうそう、そのとき主人はなんだか悪戯《いたずら》をしてやったそうですよ」

「悪戯って、どういう……？」

「さあ、それは主人もはっきりいわなかったんですけれど、あの女はばかだ、そっくり同じにできたと満足してたけれど、おれが見ればすぐわかるんだって笑ってました。まあ、あのひとも意地っ張りですから、女のいいなりになるのがくやしくて、なにか目印みたいなものをこさえておいたんじゃないでしょうかねえ」

「なるほど」

と、金田一耕助はもう一度メモに眼を通していたが、

「おかみさん、その晩のことについてご主人から聞かれたことで、まだ、なにかほかに……」

「いいえ、だいたいすっかり申し上げたつもりですけれど……ああ、そうそう、主人が寝た部屋ですねえ。カーテンつきのベッドのある部屋の隣りの部屋……」

「はあはあ、それがなにか……？」

「その部屋にもドアがふたつあって、ひとつが隣りのベッドのある部屋、もうひとつは廊下へ出る部屋につながっているらしいと申しておりましたが、二日の夕方主人が眼をさましたとき、運転手が入ってきたのは廊下のほうの部屋からだったそうです。しかも、その男、隣りのベッドのある部屋に入ってみたかったらしく、しきりにそのドアをいじっていたそうです」

「しかし、そのドアはあかなかったんですね」

「はあ、それでまた廊下のほうの部屋から出ていったといってました」

「それで、十二時ごろ女の入ってきたのは……？」

「それは隣りのベッドのある部屋からだったそうです。それですから仲間の運転手といえども、あの部屋へはなるべく入らさないようにしてあったんだろうって……」

「それで、結局彫亀さんは、ベッドの女の顔を見ずじまいだったわけですね」

「はあ、なにしろベールの女がつききりで眼を光らせていたので、とてもそんな勇気はなかったと申しておりました。でも、肌の色やなんかよく似ていたので、姉妹かもしれないと申しておりましたが……」

「なるほど」

金田一耕助は強くうなずいてから、さて、改めてキク女のほうへ開き直って、

「それで、おかみさんの考えじゃ、彫亀さんはその一件のために殺されたんじゃないかとおっしゃるんですね」

「陳というのが主人の妾か何か」──


「はい……」

と、キク女は肌寒そうに肩をすぼめて、

「それと申しますのが主人はなまじ、ベールの女を前に知っておりますでしょう。陳という中国人の妾かなんかだったらしいってことを。……ですから、そのほうから手をまわして、その女の身元を洗うかなんかしてたんじゃないかと思うんですの。その時分、しょっちゅう出歩いてましたからね。あたしがそんな危ないまねよしてちょうだい。触らぬ神にたたりなしだから、つまらないことに手を出すの、やめてちょうだいと、言い言いしていたところへあの災難でございましたから……」

「なるほど、それじゃこれから彫亀さんのお亡くなりになった晩のことを聞かせてください。三月二十日とおっしゃったが、その晩、彫亀さんはどこへお出掛けになったんですか」

「はあ……」

と、キク女もちょっと居ずまいを直すと、

「浅草のほうで彫物師仲間の寄り合いがございまして、それへ出かけていったんですの。ところが、その会へお出になったかたがたのお話によりますと、主人は九時ごろそこを出ておりますの。ところが多武峰神社の前の往来で、死体となって見つかったのはその晩……いえ、その翌日の午前一時ごろのことですの。通りかかった自動車が気がついてくだすったんですわね」

「なるほど、浅草の会場から東中野なり、あるいは新宿のお店なりへお帰りになるには、そんな場所は通らないわけですね」

「はあ、それにその近所のおまわりさんにきいてみると、十二時ごろそこをパトロールしたときには、そんな死体はなかったというんですの」

「なるほど」

それではキク女が疑惑をふかめたのもむりはないと思った。

「それで、おかみさんはその当時、そのことを等々力警部に話しましたか」

「ところが、あいにくその時分、いろんな事件が三つも四つもかさなっていて、警部さん、とてもお忙しそうでしたし、それに、あたしもいけなかったんです」

「いけなかったとおっしゃるのは……？」

「はあ、あたしにもまだハッキリとその一件と、主人の災難とのあいだに関係があるという確信はなかったんですの。もし、なんの関係もないことだったら、主人のお客さまにご迷惑がかかることですから……主人はそういうことのとてもやかましいひとでしたし、その話をあたしに打ち明けてくれたことさえ、後悔してたくらいでございますから……それでつい、あたしも申しそびれて、だもんですから警部さんにもうひとつピンとこなかったらしく、災難だからあきらめなさいとおっしゃって……」

「ところが、いまではハッキリと、その彫物の一件とご主人の災難とのあいだに、なにか関係があるというお考えなんですね」

「はあ、なんだかそんな気がして……少し気をまわしすぎるのかもしれませんけれど……」

と、キク女はまたおびえたようなまなざしを、窓の下に投げかけて、

「金田一先生はけさの新聞は……？」

「いや、じつはね、ぼくはけさ関西のほうから帰ってきたばかりで、ろくすっぽ新聞も見ていないんですが、なにかけさの新聞に……？」

「はあ、あの、これ……この新聞にしか出ていないようですけれど……」

と、キク女がハンドバッグをひらいてとりだしたのは、その朝の東京日報だった。

「そこに赤鉛筆で印をつけておきましたけれど……」

金田一耕助はその見出しを見て、思わずはっと眼をそばだてた。

『首なし死体のスペードの女王』

それはそれほど大きなスペースをしめた記事ではなかったが、おそらくその風変わりな見出しがキク女の眼をひいたのであろう。

記事の内容はだいたいつぎのとおりであった。

昨七月二十四日午後五時ごろ片瀬の沖に、女の首なし死体が浮かんでいるのが発見された。死体は海水着一枚だが、水泳中あやまって、なんらかの事故に会って惨死したのか、それとも殺害されたのち首を斬《き》り落とされて海中へ投げこまれたのか、いまのところまだはっきりしていない。また、死体の身元もまだ不明だが、年齢は二十六、七と推

定され、相当栄養のよい女だが、左の内股の付け根にトランプのカード、すなわちスペードのクイーンの刺青《いれずみ》があるところを見ると、外人相手の娼婦《しょうふ》のたぐいではないかといわれている。云々。……

週刊喜劇の婦人記者

ペンギン書房の婦人記者前田浜子は、その朝もいつもと同じように九時ごろ、神田神保町の裏通りにある勤め先へ顔を出した。

ペンギン書房というのはもとは子供の絵本だの、漫画の本などを専門に出していた小出版社なのだが、社主兼社長兼編集長の山上八郎というのが、年齢は若いがなかなかのやりてで、一年ほど前に近ごろ流行の週刊誌を出したところが、これが案外の当たりをみせて、近ごろ社内はすっかり活気づいている。

むろん、週刊誌といったところで、資本が資本だから正面切っては「週刊A」や「サンデーM」にはとても太刀討ちできっこない。だから山上八郎のねらった穴は新聞でいう併読紙のイキである。

山上八郎の観察によると、近ごろの旅行者は汽車に乗るときにはたいてい週刊誌を買いこむ。しかも、多くの旅行者は週刊誌を買うとき一冊では満足しない。二冊、三冊、欲ばった旅行者になると五冊くらい買いこむのもめずらしくない。

そんな場合、一流の新聞社から出ている週刊誌ばかりでは堅過ぎるから、そのなかへ色どりに買っていただこうというのが、山上八郎の企画になる「週刊喜劇」である。

山上八郎がここで謳《うた》った喜劇というのは、舞台で演じられる曾我廼家《そがのや》式喜劇の意味ではなく、バルザックの「人間喜劇」のその喜劇の意味だそうな。人生の織りなすさまざまな葛藤《かっとう》や矛盾から生ずる喜劇というのだから、したがって新聞の社会面の裏返しや、注釈、あるいはその詳報というような記事が専門になる。

それとお手のものの漫画との抱き合わせで、こころみに創刊号を出してみたところが、これが意外の売れ行きで、発行部数が少なかったせいもあるが、それでもほとんど売り切れたのだから、俄然《がぜん》、ペンギン書房の社員一同ふるいたった。

記事の材料はいくらでもあった。麻薬の密売、愚連隊横行記、代議士のエロ行状記、ゲー・バー繁盛記等々。……しかも、それらを記事にするとき、山上八郎は不思議な手腕をもっていた。

題のつけかたやキャッチフレーズがたくみにひとひねりしてあるので、元来がなまなましく、えげつなくあるべきはずの記事が、一種のユーモラスな品位をたもっているので、もともとが旅行者の併読誌をねらったのが出発点でありながら、旦那様がうっかりまちがって家庭へもち帰っても、そうおかしくはない体裁をそなえていた。

用紙なども小出版社の出す週刊誌としては、わりに上質のものを使っていたし、組み方なども気がきいていた。漫画などもエロはエロでも、ひとひねりワサビがきいているので、奥様方がごらんになっても、あら、ま、いやあだ、うっふっふというような、ほのかなお色気をそそられる程度のものを集めてあるのがみそだった。

聞くところによると、はじめのうちは漫画のテーマなども、ほとんど社主兼社長兼編集長であるところの山上八郎が、漫画家に提供していたというから、文字どおりかれは「週刊喜劇」のワンマンだった。

こうして創刊号から意外の当たりをみせた「週刊喜劇」は、その後もぐんぐん部数がのびて、いまでは毎週二十万から三十万を刷っているというから、「週刊A」や「サンデーM」には遠くおよばないにしても、おしもおされもせぬ週刊誌に成長している。

それにしては神保町の裏通りにあるペンギン書房の社屋は貧弱だった。

山上八郎が最初漫画と絵本のペンギン書房をはじめたときは、神保町のゾッキ本屋の二階を借りて出発した。それが週刊誌へ手をのばして、おいおい成功していったについては、ゾッキ本屋の二階では不自由なので、つい近所の喫茶店を買収して、それを改装して社屋に当てていた。

だから、もと喫茶店だった階下がいまでは営業、販売、宣伝などの事務系統の部署になっており、二階全体が編集室になっている。

二階全体といったところで、畳敷きにして二十畳敷けるか敷けないかくらいの広さしかないのだから、三十万部もの発行部数を擁する週刊誌を産み出す企画本部としては、貧弱のそしりはまぬがれなかった。

だが、これも山上八郎の堅実主義のあらわれだそうで、社屋よりも読者へのサービスというのが、かれのモットーだった。

それはさておき、その朝、すなわち昭和二十九年七月二十五日の朝九時ごろ、前田浜子がゴトゴトと、粗末な木製の階段を二階の編集室へあがっていくと、階段の上の受付に木谷晴子という女の子がひとりいるきりで、編集室にはまだだれもきていなかった。

「おはようございます」

「はあ、まだどなたもお見えになっておりません。ああ、そうそう、前田さん」

「はあ、なにか……？」

がらんとした編集室の自分のデスクへきて、前田浜子が汗をぬぐっていると、木谷晴子が自分の席から声をかけた。

「さきほど前田さんにお電話でございました」

「お電話ってどちらから……？」

「それが名前は申しませんの。ただ、前田浜子さんに取り次いでほしいというんですけれど……」

「取り次いでほしいってどんなこと……？」

「それが、ちょっと妙なんですの。きょうの『東京日報』の社会面ですわね。その社会面でどんなことを読んでも、決してよけいなことをひとにしゃべるな……と、そう前田浜子にいっとけって、とても横柄《おうへい》な調子でいうんですの」

「まあ！」

と、前田浜子は眼をみはって、

「それ、どういう意味なんでしょう」

「さあ、どういう意味だかあたしも念をおして尋ねたんですけれど、ただそういえば前田浜子にはわかるはずだって、そのままガチャンと電話を切ってしまったんです。なんだかイヤアな感じ」

この木谷晴子という娘は、この春中学を出ると同時に、編集部付き給仕として採用されたばかりだが、こういうところに勤めていると、ませるのもはやく、口のききかたなどすっかりおとなと同じである。

前田浜子は一瞬ポカンとした顔で、木谷晴子のこまちゃくれた顔を見ていたが、急に不安そうにおもてをくもらせると、

「木谷さん、そこらにきょうの『東京日報』なくって」

「その『東京日報』なら、前田さんの机の上においてあります」

「あら」

と、浜子がデスクの上を見ると、なるほど『東京日報』の、しかも社会面のところがデスクの上にひろげてある。

浜子がそれをとりあげると、木谷晴子も席を立ってそばへよってきた。

「あたしもさっきその社会面を読んでみたんですけれど、いったいどの記事のことでしょうねえ」

と、晴子は好奇心にみちた眼で、さぐるように浜子の横顔を見つめている。

浜子は青ざめた顔を緊張させて、上のほうから順々に、大きな活字で組まれている見出しの上へ眼を光らせていたが、その眼が、

『首なし死体のスペードの女王』

と、いう見出しの上へぶつかったとき、浜子は思わず大きく呼吸をうちへ吸いこみ、新聞をもつ手がわなわなふるえた。

「あら、前田さん、あなたなにかこの首なし死体に心当たりでもあるんですの」

「あら！」

と、浜子ははっと気がついたように、あおざめた顔に血を走らせると、あわてて新聞を晴子のほうへ突っ返すようにして、

「とんでもない。だれかの悪戯よ、きっと」

それから彼女はハンドバッグのなかからコンパクトを取りだして、鏡のなかをのぞきこんだ。

顔色が真っ青である。頰《ほお》がひどくこわばっている。こんなことではいけない。落ち着かなければ、……落ち着かなければ……と、自分で自分にいってきかせるように、パフでかるく鼻の頭をたたきながら、

「それで、木谷さん、その電話ってどんな声だった？　悪戯にしても気になるわねえ」

「どんな声って、電話だからよくいえないわ。がらがらしてて、しゃがれてて、低くささやくような声なの。それでいて威嚇するような調子だったわ。だから、あたしこれじゃないかと思ったのよ」

と、晴子が指さすのは社会面のトップに出てる五段抜きの記事で、見出しには、

『追いつめられた麻薬の密売』

と、あり、近ごろ愚連隊が財源として麻薬の密売に本腰を入れはじめたが、それには未成年者が手先に使われている云々の記事であった。

「ああ、そう、これねえ」

と、前田浜子もほっとしたような顔色で、

「あたしもこれじゃないかと思ったんだけど……」

「そうでしょう」

と、晴子は得意そうに鼻うごめかして、

「こないだうちでも麻薬のこと扱ったでしょう。そのとき前田さん、社長さんから特賞もらったって……」

「あら、だめよ、そんなこと！」

と、浜子はわざと大げさに晴子をたしなめると、あわててあたりを見まわして、

「そんなこと、むやみにひとにいうもんじゃなくってよ。あの方面のこと、とても怖い

って話だから」

「ああ、そう」

と、晴子は眼を光らせながらも声をひそめて、

「それじゃやっぱりそうだったのね。いいえ、いいわ。あたしだれにもそんなこといわないわ。でも、前田さんはすごいのね。麻薬のボスに脅迫されるなんて……でも、よっぽど気をつけなきゃいけないんじゃない」

「ええ、ありがとう、せいぜい注意することにするわ。そのかわり、晴ちゃん」

浜子はこのお茶っぴいがすっかり勘ちがいしたのをいいことにして、わざと深刻な顔で相手の眼のなかを見すえると、

「このことだれにもいわないでね。あたしよう く考えてみたいと思うから……」

「ええ、でも、大丈夫……？　社長さんには話しておいたら……？　社長さんもあの記事には関係があったんでしょ？」

「だめだめ。山上さんはただ記事を書いただけなんだから……材料はみんなあたしが調べてきたのよ。だから特賞にありついたんじゃない？」

「ああ、そうだったの。前田さんはすごいのね」

「どっちにしても、あたしあのことでだれにも迷惑はかけたくないの。だから当分だれにもいわないで。いうべきときがきたら、あたしの口から社長さんのお耳に入れるから……」

ちょうどそこへ、ドカドカと階段をあがってくる足音が聞こえてきたので、

「晴ちゃん、むこうへ行ってて。それからこの新聞もそっちへ……」

「前田さん、もっと詳しくこの記事読まなくてもいいの」

「いいの、またあとで……それからいまのことだれにも内緒で……」

「ええ、いいわ」

晴子が新聞をもったまま浜子のデスクから離れたとき、

「なんだ、なんだ、なにが内緒なんだ」

と、わめきながら編集室へ入ってきたのは、小池という若い記者である。ちょっとバツの悪そうなふたりの顔色に気がつくと、わざと意地悪そうな眼つきをして、

「おい、晴っぺ、いまお浜ちゃんとなんの密談をしてた？」

「まあ、失礼ね、密談だなんて。ひと聞きの悪いこといわないでよ。ねえ、前田さん」

「うっふっふ」

さりげなく笑ってみせたものの浜子の顔色はしずんでいた。

「いや、いや、お浜ちゃんは油断がならないからな。晴っぺ、その新聞はなんだい」

「なんでもいいのよ。いやあん、新聞、破けちゃうじゃないの」

「小池さん、そんな子供からかうのおよしなさい。それよりお願い」

「なんだい」

「これ」

と、ハンドバッグのなかからハトロン紙の封筒を取り出して、

「R・Oさんのインタビューの記事、写真もなかに入ってるわ。上杉さんがいらしたら渡しといて。適当な長さにカットしてくださいって」

上杉というのは編集次長で、近ごろでは社主兼社長兼編集長の山上八郎は、高等政策が忙しいらしく、隔日にしか顔を出さないので、だいたいのことは上杉編集次長がやっているのである。

「O・K、だけどお浜ちゃん、どっかへ出掛けるのかい」

「なあに、鈴蘭亭《すずらんてい》よ」

「なんだ、お浜ちゃん、まだ朝飯食ってないのかい」

「だって、R・Oさん、朝八時までにこいってんでしょう。朝御飯なんか食べてるひまなかったのよ。じゃ、お願いしてよ」

ハンドバッグをわしづかみにして、ドアの外へとびだしたとき、階下から上杉編集次長が若いふたりの記者としゃべりながらあがってきた。

「おや、お浜ちゃん、どこへ……？」

「ええ、ちょっと鈴蘭亭まで。R・Oさんの記事は小池さんにわたしてあります。自分で手を入れようと思ったんだけど、なにしろけさ早かったでしょ。腹ペコで……」

「ああ、そう、R・Oの記事がとれたのかい。そいつはお手柄だったな」

「ちっ、また、お浜にしてやられたか」

「きみたち、少しお浜ちゃんを見習うんだね。ああ、いいよ、行ってらっしゃい」

実際前田浜子は「週刊喜劇」でも腕利きだった。器量はそれほどいいとはいえない。背が低くてずんぐりとして、色の白いのが七難かくすというところだが、丸まっちい鼻が御愛嬌《あいきょう》という器量である。

また、特別頭脳が冴《さ》えてるとか、勘が鋭いというのでもない。それにもかかわらず彼女がしばしばトップ記事をものにして、山上八郎から特賞をせしめるのは、ほかの記者たちとちがって浜子がこの仕事に体を張っているからである。いや、体を張らずにいられないような境遇に育ってきたからだ。前田浜子は飢えというもののみじめさを、身をもって経験している。

神保町の停留所の近くにあるミルクホール鈴蘭亭はよくはやる店である。ことに応接室の整備されていないペンギン書房では、客があるとここへ引っ張ってくるので、時間によると編集室よりも、こちらのほうが編集者諸公の顔が多いことがある。

しかし、いまは午前九時半。さいわい顔見知りの人間はだれもいなかった。

浜子は隅《すみ》っこのボックスに席をしめると、トーストとミルクを注文しておいて、新聞掛けから『東京日報』のとじ込みをもってきた。

急いできょうの社会面をひらくと、

『首なし死体のスペードの女王』

の記事に眼を走らせる。読んでいくうちに浜子の顔からは血の気がひいていき、額にはぐっしょりと冷たい汗がふきだしてくる。短い記事だからすぐに読んでしまったが、彼女はもう一度はじめから読みなおす。まるで行間にかくされた意味を読みとろうとでもするかのように。

しかし、それはそれだけの記事で、首なし死体のスペードの女王が何者なのか、まるで見当もつかないのだが、しかし、さっき木谷晴子によって取り次がれた威嚇的な電話の内容と思いあわせると、浜子はなにか思いあたるところがあるらしい。

浜子は指でまいたハンケチで額《ひたい》ぎわをぬぐいながら、二度三度とその記事を読み、強く唇《くちびる》をかみしめながら、なにかしら一心不乱という眼つきで考えこんでいる。

浜子はあまり強くその考えに熱中していたので、ミルクとトーストを注文していたことさえ忘れていたらしい。

「お待ちどおさま」

と、ボーイが注文のものをもってきたとき、浜子ははじかれたように体を起こした。

「前田さん、どうしたんです。なにかおもしろいことが新聞にのってますか」

「あら、まあ、なんでもないのよ。いやあねえ」

浜子はあわてて新聞のページをめくると、顔なじみのボーイにむかって愛想笑いをしてみせたが、だれの眼にもその微笑はこわばっていた。

「前田さん、どうかしたんですか。顔色が悪いですよ」

「そうお」

と、浜子は頰《ほ》っぺたをなでながら、

「なんでもないのよ、暑さのせいよ。きっと」

「そんならいいですけど、少しやりすぎるんじゃないですか。前田さんはああみえても、とっても腕っききだってもっぱら評判ですから」

「ほっほっほ、けさはまたいやにお世辞がいいのね。なにをおごろうかしら」

「ちっ、あんなこといってるよ」

ボーイが立ち去ったのち浜子はトーストをむしりかけたが、とても咽喉《のど》に通りそうにない。だいいち彼女はちゃんと朝飯を食べてきているのである。いや、たとえ朝飯を食べていなかったとしても、いまの彼女にとって食事は咽喉を通らなかったかもしれない。

さんざんトーストを引きちぎったのち、それでもミルクだけは半分飲んだ。ミルクが欲しかったというよりは咽喉がかわいていたのである。それからハンドバッグのなかから手帳を取り出した。手帳のなかにはいろんなひとのアドレスや電話番号がひかえてある。

目ざすアドレスが見つかったのか浜子は立ってカウンターへ行った。

「電話、拝借してよ」

「さあ、どうぞ」

おなじみなので白いコック帽をきたマスターもお世辞がいい。

浜子は手帳を眼の前に開き、受話器をとってダイヤルをまわしかけたが、なに思ったのかもう一度受話器をかけて、改めてダイヤルをまわした。

「ああ、もしもし、若竹館でございますか。あら、おばさま……？　こちら浜子よ。……いいえ、そうじゃないんですけれど、お姉さん、まだ帰ってません……？　どこからも電話は……？　あら、そうお。いいえ、いいんですのよ。あのひとのことですから、べつに心配はしてないんですけれど、ひょっとすると、どこからか電話でもかけてきやあしないかと思って……ああ、そう、いいえ、いいんですの。ほんとうに、ほっほっほ、そういえばそうかもしれませんわねえ。じゃまた、すみませんでした」

ガチャンと受話器をおいたとき、浜子の顔はいよいよ真っ青にこわばっていた。受話器の上に手をおいたまま、浜子は絶望的な面持ちで、ひと息ふた息入れていたが、また受話器を取りあげると、手帳に書きとめたアドレスをにらみながら、ダイヤルをまわしはじめた。

「ああ、もしもし、緑ケ丘荘でいらっしゃいますか。緑ケ丘荘でいらっしゃいますね。金田一耕助先生はいらっしゃいますでしょうか。……えっ、お留守……？　関西方面へ御旅行中……？　ああ、そう、それでいつお帰りでございましょうか。……いいえ、こちらまだ一度もおうかがいしたことはないものですけれど、ちょっと先生にお眼にかかって、お願い申し上げたいことがございまして……ああ、そう、それじゃお昼ごろまでにはお帰りでございますわねえ。……はあ、はあ、ああ、そう、それじゃその時分またお電話をいたしますから……えっ？　こちら……？　はあ、前に一度お眼にかかったことはございますけれども……それじゃ、前田浜子というものから電話がかかったと、そう申し上げておいてくださいません。はあ、はあ、それではまたのちほど」

受話器をおいた前田浜子はそのままの姿勢で、ぼんやりと考えこんでいたが、そのとき、だしぬけにポンと背中をたたかれて、ぎくっとしたようにふりかえると、

「あら、社長さん！」

と、口走って、青ざめた顔からいよいよ白い蠟《ろう》のように血の気がひいていった。

彼女がいま社長さんとよんだのは、いうまでもなくペンギン書房の社主兼社長兼編集長の山上八郎である。

「浜ちゃん、どうしたんだい。また姉さんがどうかしたのかい？」

と、山上八郎は度の強いふちなし眼鏡の奥で、眼をしわしわとさせながら、蠟のように硬直した浜子の顔をにこにこ見ている。

年齢は三十五、六というところだろう。油っ気のないもしゃもしゃとした頭を無造作にうしろになでつけて、ルバシカみたいなこの男独特のデザインの服を着ている。色は白いが冴えなくて、頰っぺたがたえずひくひく痙攣《けいれん》しているところは、これが三十万の発行部数を擁する週刊誌の社主兼社長兼編集長とはとうてい思えない。

むしろそういう雑誌社へ、原稿をもちまわっては断わられている文学青年か、挿《さ》し絵画家の卵といった印象である。事実数年前までの山上八郎はそうだったのだけれど。

「ああ、社長さん」

と、浜子はとっさに思案をきめて、

「たいへんわがままなんですけれど、きょう一日休ませていただきたいんですが……」

「どうしたの。姉さんになにかあったの」

「いえ、あの、なんだか気分が悪くて……」

「そういえば顔色が悪いようだね」

と、山上八郎は度の強い眼鏡の奥から、出目金みたいに飛びだした眼をしわしわさせながら、浜子の顔色を観察しながら、

「だけど、きみ、R・Oさんのインタビューはどうするの」

「ああ、それならけさほどちょうだいしてまいりました。上杉さんに渡してございますけれど」

「ああ、とれたのかい。そいつはよかった。ああ、いいよ、いいよ。それじゃきょう一日ゆっくり休養したまえ。いまきみに倒れられるとたいへんだからな」

山上八郎はレジスターに伝票を渡すと、

「じゃ、たのむよ」

と、そのまま大股《おおまた》に出ていった。相当の長身である。

そのうしろ姿を見送って浜子はマスターのほうをふりかえった。

「社長さん、ずうっとせんからここにいらっしたんですの」

「そうだね。ずいぶん前からあちらのボックスで、なにか調べものをしていなすったようだな」

それじゃ二度目の電話も聞いていたにちがいないが、社長は金田一耕助を知らないのだろうか。

「前田さん、あんたなにか社長さんに聞かれて悪いような電話でもかけていたのかね」

マスターはにやにや笑っている。いつもの浜子なら、

「まあ、失礼ね」

ぐらいのあいさつはできる仲なのだが、けさの浜子にはそれだけの元気もない。そのままもとの席へ帰ると、もう一度首のないスペードの女王の記事に眼を通した。

そして、無意識のうちに冷たくなったミルクを飲みながら、なにか思案をしていたが、やっと決心がついたのか、ボーイをよんで、

「この新聞、もとへ返しといてね」

それからレジスターで勘定を払うと表へ出て、神保町の角でタクシーを拾った。

「新宿へ」

「新宿はどのへんで……?」

「小田急の乗り場までやってちょうだい」

どうやら彼女は金田一耕助の帰りを待ちかねて、片瀬へ行ってみる気になったらしい。

麻薬の女王

「それにしても、金田一先生」

と、等々力警部は汗ばんだ額をてらてら光らせながら、

「彫亀のおかみさんはなんだって、その刺青《いれずみ》の一件をわたしに話そうとしなかったんでしょうねえ」

「いや、それはぼくも聞いてみましたがね。彼女もそのことと彫亀さんの災難とのあいだに因果関係があるという、ハッキリとした確信がなかったわけですね。関係がないとするとお得意さんの秘密ですから、うかつに口外できないと……ああいうひとたち、そういうことに関しては口がかたいんじゃないですか」

「そういえばそうですが、それにしてもひと言《こと》いってくれりゃよかったのに……そういえばあの時分、あのおかみさん、事故じゃない、だれかに殺されたにちがいないって、しきりにいいはってるってことは耳にしてたんですが……」

「なんでもあなたがとても御多忙だった時分だそうで……」

「そうそう、新宿の雑貨商殺し……あれに忙殺されているころでしたねえ」

「三月から四月といえば、捜査本部が三つも四つも設けられていた時分じゃないですか」

「そうそう、あの時分はたいへんだった。新聞じゃさんざんたたかれますしねえ。しかし、それゃかわいそうなことをしましたねえ。なにしろあの夫婦、とても仲のよいおしどり夫婦でしたからねえ」

等々力警部はちょっと感慨無量の体《てい》である。

七月二十五日の午後三時半。

金田一耕助はいま等々力警部をひっぱりだして、京浜国道をまっしぐらに、西へむかって自動車を走らせているところである。

じりじりと灼《や》けつくような真夏の太陽が、京浜国道のアスファルトも溶かさんばかりに照りつけて、窓外をふっとんでいく工場の屋根や、たまに見える原っぱの上には、ゆらゆらとめくるめくような熱気が立ちのぼっている。湘南《しょうなん》地方はいまシーズンの最盛期だろう。

「それにしても……」

と、等々力警部は思い出したように、膝《ひざ》の上で両手をこすりながら、

「高橋君はうまいことしたな」

「うまいことしたとおっしゃいますと……？」

「いえさ。やっこさん、スペードの女王にゃ長いこと悩まされてきてるんでさあ。なんしろ神出鬼没って女怪ですからね。上からはガミガミやられる。いやまあ、上からの譴《けん》責《せき》はともかくとして、麻薬の高橋で売った男ですからね。それがこのスペードの女王ばかりにゃ、長いこと翻弄《ほんろう》されつづけてきてるんですから、ここでいよいよ金田一耕助先生御出馬、スペードの女王の仮面もはがれて、事件も一挙解決ということになりゃ、やっこさん、どんなに肩の荷がおりるかしれやしませんぜ」

「あっはっは」

と、金田一耕助は咽喉の奥で低く笑うと、

「警部さん、あなたはあいかわらず楽天家でいらっしゃる。相手がそれほどの女怪とあっちゃ、そうやすやすと問屋が卸しますかな」

「卸すも卸さんもない。なにがなんでもここらで卸していただかにゃ……彫亀にたいする友情からしてもですな」

「あっはっは、からめてからおいでなさいましたね」

と、金田一耕助ものんきらしく笑っていたが、急にきまじめな顔にかえると、

「ところで、高橋さん、いま片瀬のほうへ行ってらっしゃるんですね」

「いや、片瀬じゃない。鎌倉らしいんです。詳しいことは電話だからわかりませんが、死体が発見されたのは片瀬なんですが、事件の中心は鎌倉らしく、そっちのほうへ行ってるそうです。金田一先生が乗りだしたというと、やっこさん、さぞびっくりするでしょうね」

高橋というのは防犯部保安課の警部補で、麻薬を専門にやっている人物である。

「いやあ、それはともかく」

と、金田一耕助はてれくさそうにもじゃもじゃ頭を、五本の指でしごきながら、

「そのスペードの女王という女の話を詳しく聞かせていただけませんか。麻薬の女王なんですね」

「そうです、そうです。わたしは係りがちがうのですが、前にちょっとわたしの事件と関係してきたことがあるので、わりに詳しく知ってます。それじゃここでわたしの知っているだけのことはお話ししておきましょう」

等々力警部は用心ぶかくドアのハンドルをまわして、窓ガラスをぴったりしめた。この自動車は運転台と厳重に隔離されているので、相当大声で話しあっても運転手に聞かれる心配はない。

「彫亀の妻女は陳といったそうですが、そいつは陳隆芳《りゅうほう》といって麻薬……主としてヘロインですね。ヘロイン密輸のボスだったんですね。ボスもボス、日本へ流入してくるヘロインの八〇パーセントくらいは、そいつが牛耳《ぎゅうじ》っていたといわれるくらいの大物だったらしいんです」

「大物だったとおっしゃると……？　いまでは……？」

「亡くなったんです。一昨年、すなわち昭和二十七年の秋でしたかな。亡くなったのは神戸ですが、ひどい結核で、マイシンなんかもてんで受けつけなかったそうです。スペードの女王というのはその陳の妾だったんですね」

「名前は……？」

「いや、ところがその名前がわからないんです。名前どころか顔を見たものすらない。知られているのは、左の太股《ふともも》のうちがわ、きわどいところに彫ったスペードのクィーン、ただそれだけなんです」

ヒューッ！

と、金田一耕助はひと声するどく口笛を吹いて、それからめちゃめちゃにもじゃもじゃ頭をかきまわした。

これがこの男の興奮したときのくせなのである。あんまりお行儀のよいくせとはいえないが、これが出るということは、この男が事件に身を入れだしたということだから、等々力警部も内心大いにほくそえんだ。

「しかし、だれがそんなきわどいところに彫物があるということを知っていたんです」

「いや、それはこうなんです。その女……すなわちスペードの女王ですね。ときどき陳隆芳の使者として香港《ホンコン》やなんかに現われるんですね。ところが、そんなときいつも黒ずくめの服装で、顔なんかも黒いベールで二重にかくしているんだそうです。だから目印といえば太股のスペードの女王、ただそれだけなんです。いや、そうじゃなかった。もうひとつ猫眼石《ねこめいし》の指輪をもっていて、それと太股の刺青が陳隆芳の使者であるという印なんですね」

「なるほど」

と、金田一耕助は考えぶかい眼つきをして、

「敵をあざむかんとすれば味方よりで、仲間のものにも身元をかくしていたんですね」

「そうです、そうです。そのほうが陳としてもなにかにつけてやりやすかったんでしょう。陳の身辺は相当前から監視されてましたからね」

「なるほど、それで正体不明のスペードの女王ができあがったわけですね」

「そうです、そうです。香港やマカオの暗黒街で、スペードの女王といやあ有名なんですが、それでいてだれもその女の正体を知ってるものはない。ただ、日本人らしいということだけはわかっているんです」

「なるほど、それで一昨年陳が亡くなってからは……？」

「はあ、そのときもスペードの女王の正体を知ろうとして、麻薬関係の係官……高橋君なんかもそのひとりなんですが、躍起となって捜索したんですが、結局わからずじまいでした。いや、これは警察方面のみならず、暗黒街方面でもだいぶ緊張したらしい。スペードの女王をつかまえるということは、……つまり味方に抱き込むということは、日本の麻薬界を牛耳るということですからね」

「それでもわからなかったんですね」

「そうです、そうです。スペードの女王もその当座はどこかで逼塞《ひっそく》していたらしく、おとなしくしていたらしいんですね。ところが去年の秋ごろから、またぞろスペードの女王が動きだしたという情報が、香港やマカオから入っているんです。それと同時にヘロインの密輸量がまたうんと跳ねあがっている。陳が死亡した当座はだいぶん落ちていたんですがね」

「そうすると、こんどはスペードの女王が独自の立場で動いているというわけですか」

「いや、そこが問題なんです。もちろんスペードの女王は陳の愛弟子でしたから、麻薬のルートや暗黒街の表裏に関しては、ことこまかに知っていることはいうまでもありません。しかし、はたして彼女が単独で動いているのか、ひょっとするとそのバックに、陳に匹敵するほどの大物がついているのではないか。大物がついているとするとそいつは何者か……つまりそれが目下の問題点なんですね」

金田一耕助はうしろのクッションに頭をよせかけて、しばらく何かを考えているようだったが、

「それで、警部さん、あなた彫亀のおかみさんの話をどうお思いになります？」

「金田一先生」

と、等々力警部はギラギラと熱気のほとばしるような眼を、金田一耕助の横顔にむけて、

「それ、やっぱり麻薬の女王、すなわちスペードの女王のしわざじゃありませんか。女を眠らせておいてその内股に、自分と同じ刺青を彫らせる。しかも、彫亀をひと晩監禁するなんてまね、ふつうの女にゃできっこありませんからね」

「しかし、それにゃいったいどういう意味があったのか……」

「それは金田一先生、おっしゃるまでもありません。いつか自分の身替わりに立てようという寸法だったんでしょう。ここに出ている……」

と、等々力警部はポケットから東京日報を取り出すと、

「この水死体……かなんか知りませんが、片瀬の海に浮かんでいた死体に首のないのが曲者《くせもの》でさあ。これをスペードの女王の身替わりに立てたというわけじゃありませんかね

え」

「つまり、スペードの女王はなんらかの意味で、死んだものになってしまいたかった。そこでことしの三月のはじめに、自分と同じような身長肉づきの女に、自分と同じスペードの女王の刺青をさせておいて、こんど時期いたるとばかりに、そいつを殺して首を斬《き》り落とし、自分の身替わりに立てたというわけですね」

「そうです、そうです。麻薬の女王ならそれくらいのこと、やりかねないと思いますよ。おそらくそういう女だから、絶えず生命の危険にさらされてたと思うんです。そこで探《たん》偵《てい》小説を地でいって、自分は一時……か、あるいは永遠にか地下へ潜ろうというわけじゃありませんかねえ」

金田一耕助はまたしばらく無言のまま考えこんでいたが、やがて自分で自分にいってきかせるようにつぶやいた。

「この死体……片瀬の海に浮かんでいた死体が、スペードの女王の身替わりだったとしたら、この哀れな女はいったい何者なのか……」

「そうです、そうです。それともうひとつ大きな問題は、スペードの女王に新しいパトロンがついていたか、ついていたとしたらそいつは果たして何者か……」

「いや、警部さん、そのほかにもうひとつ問題がありますよ」

「もうひとつの問題というのは……？」

「三月一日の晩、彫亀を拉《ら》致《ち》したときスペードの女王といっしょにいた男……」

「ああ、なるほど」

「そいつはおそらくこの秘密、……スペードの女王と同じ刺青のある女が、もうひとりこの世に存在するということを、知っていたにちがいありませんからねえ」

金田一耕助は考えぶかい調子でそうつぶやきながら、自動車のドアについているハンドルをまわして、しずかに窓ガラスをひらいていった。自動車はいま小坪の海岸の崖《がけ》の上を走っており、窓をひらくと同時に涼風が、熱しきった車内の空気を冷やすように吹きこんできた。

海には真夏の太陽がめくるめくようにかがやいており、さまざまな趣向をこらしたヨットの帆が、無数に海面を遊弋《ゆうよく》している。前にもいったように海岸ではいまシーズンがたけなわなのだが、果たしてあれらのヨットのひとつの竜骨《りゅうこつ》が、スペードの女王の首を斬り落としたのであろうか。

それからまもなく等々力警部と金田一耕助が、所轄の鎌倉署へ到着すると、ここの捜査主任の今波警部補が、先行していた警視庁の高橋警部補といっしょに待っていて、

「いやあ、警部さん、さきほどはお電話をありがとうございました。わたし今波ですが、警部さんはなにかあのスペードの女王の死体について、お心当たりがおありだそうで……」

「いや、それはぼくじゃないんだ。その話をする前に紹介しとこう。高橋君」

「はあ」

「きみはこちらを知ってやあしない」

「はあ、金田一先生……金田一耕助先生でいらっしゃいますね」

「金田一先生……？」

と、今波警部補も眼をみはって、金田一耕助の頭のてっぺんから足の爪先《つまさき》まで見まわしながら、

「これは失礼しました。お名前はかねがねうけたまわっております。それで、金田一先生がこの事件になにか……？」

「ああ、じつに重大な報告をもってきてくだすったのだが、高橋君」

「はあ」

「さすがに麻薬の女王のやることだ。これゃたいへんな事件になりそうだぜ」

「たいへんな事件とおっしゃると……？」

若くて功名心にもえている麻薬担当の高橋警部補は、金田一耕助が事件のなかに登場してきたというだけで、はやくも興奮しているのである。眼をかがやかせ、丸まっちい鼻の頭に、ギタギタといっぱい汗を浮かべている。

「いや、その話はあとでするとして、金田一先生、まず死体をごらんになりますか」

「はあ、もし、こちらにあるようでしたら……」

「いや、その死体ならいまK・K病院のほうへ行ってるんです。解剖の必要がありますからね。われわれもいままでそっちのほうへ行ってたんですが、もう警部さんのいらっ

しゃる時分だと思って、こちらへ引き返してきたところなんですが……」

「ああ、そう、それじゃ死体はあとのことにして、それじゃ、警部さん、死体発見のてんまつを聞かせていただこうじゃありませんか」

「承知しました」

と、今波警部補は開襟《かいきん》シャツのポケットから、手帳を取りだしてデスクの上にひろげると、さておもむろに額の汗をぬぐった。

なにしろ暑いのである。殺風景な部屋のなかには、扇風機が一台、ものうい音を立てて回転しているが、ただなまぬるい空気をひっかきまわすだけのことで、銷夏《しょうか》のたしには少しもならない。

この警察は海岸線から相当遠く離れているのだけれど、それでも海辺のざわめきが潮騒《しおさい》のように聞こえてくる。鎌倉はいま町全体がシーズンの最盛期なのである。

「死体が発見されたのはきのうの日曜日の午後三時ごろのことでしたが、その前に材木座の別荘へきている梶原直人《かじわらなおと》という青年から、ヨットで死体らしいものをひっかけたという届け出があったんです。きのうの朝のことでしたが……」

「梶原直人というのはどういう人物かね」

「Q大の学生なんです。おやじはS・P商会というかなり大きな商事会社を経営している人物で、これはまあ事件に関係はないと思います。ただ、ヨットで死体らしきものをひっかけたということを届け出てくれただけなんですね」

「死体らしきものをひっかけたといって、その死体らしきものを確かめてみようとはしなかったのかね」

「いや、それはこうなんです」

と、今波警部補はいそがしく扇子を使いながら、

「一昨土曜日の晩からきのうの朝へかけて、大島一周のヨットレースがあったわけです。出発は夜の八時ですからもう真っ暗です。それに各自のヨットは自分のコースを他に知られたくありませんから、明かりを消すのがふつうになっています。梶原直人も御多分にもれず無灯で出発したんですが、それからまもなく人間の死体らしきものをひっかけたことに気がついたんですね。梶原もそのときいちおう海中をさがしてみたそうです。しかし、なにしろ夜のことですからね。はっきり確かめないままにレースに参加したんだそうです。しかし、結局大島一周には失敗して真夜中ごろに引き返してきたんだそうですが、気になるままに夜が明けるとともに、ここへ届け出てくれたというわけです。そのときヨットには梶原のほかに、友人の塩原宏《しおばらひろし》……やはりおなじQ大の学生がいっしょだったんですが、ふたりとも人間の死体だったように思うといってるんです」

「なるほど」

と、等々力警部も流れ落ちる汗をぬぐうている。じっとしていても汗が吹きだしてくる暑さなのだ。

「それで、こちらも気にはしていたんですが、そう正確でもないものを、この広い海面

を捜索するわけにもいきませんしね。でもいちおうモーターボートは出しておいたんです。そしたら午後の三時ごろになって片瀬のほうから、報告が入ったんですね。女の首なし死体が発見されたって……発見したのはこれまたヨットをあやっていたアベックで、姓名もここに書いてございますが、男は石川周作……まだ高校生です。アベックの相手は山本勝子、R大の学生で、石川周作とはいとこ同士だそうですが、まあ、愛人関係なんでしょうねえ。ところが水に浮いていた死体に首がなかったもんだから、山本勝子嬢、キャーッというわけで、だいぶんひどいショックだったらしい」

「それがきのうの日曜日の午後三時ごろのことなんだね」

「そうです、そうです。こちらへ報告が入ったのが三時半ごろのことですから……そこでただちに引き揚げにとりかかったんですが、なにやかやと手間どって、こちらへ引きとったのが午後五時ごろでした。この死体はいずれごらんになるわけですが、いや、もう、見るも無残なていたらくで……なあ、高橋君」

と、今波警部補は顔をしかめた。高橋警部補も渋面をつくって、

「はあ、あんまりゾッとしませんな。二度とはお眼にかかりたくないようなシロモノで……」

「なにしろねえ」

と、今波警部補はしかめっ面をしたままで、

「首が切断されているのみならず、体全体がめちゃめちゃなんですね。しかも、これが

かなり長時間水につかっていたとくるもんですから、いったいどれが致命傷なのかわからないくらいで……しかも、手ちがいがあるときにはしかたがないもんで、医者がなかなかとっつかまらなくって、やっとゆうべの十時ごろ、正式に検屍《けんし》してもらったんですが、死亡したのはだいたい土曜日の四時から六時ごろまでのあいだで、水につかっていた時間もだいたいそれくらいだろうというんです。ただ、土左衛門になってるところをやられたのではない証拠に、水はのんでおらんのですよ。ですから、海の外で殺されて、首を切断されたあげく、海中へほうりこまれたという公算もかなり大きいんです。しかし、一方水泳中に急に心臓麻痺《まひ》でも起こしたか、あるいは岩か崖《がけ》にぶつかって死亡したか、とにかく病気か災難でやられて海に浮かんでいるところを、モーターボートかヨットにやられたんじゃないかということもいちおう考えられるんです。心臓麻痺のほうなら、目下病院で解剖してもらってますから、いずれはっきりするでしょうが、そうでないとすると重大事件ということになりますな」

と、今波警部補はいよいよ渋面をふかくした。

「なるほど、それで死体をひっかけたらしいというヨットの連中だね、その連中に死体を見せたかね」

「はあ、いちおう見せましたが、なにしろらしいというくらいですからね、ハッキリしないことはいうまでもありません。ふたりともゲーゲー吐いてましたっけ。いまどきの若いもん、案外心臓が弱いんですね」

「いや、今波君、あの死体ならだれでも吐くよ。ぼくだって昼飯はまずかったからね」

と、高橋警部補は苦笑している。

「ところで……」

と、金田一耕助はもじゃもじゃ頭をぼんやりとひっかきまわしながら、

「片瀬であがった死体をどうしてこちらへお引き取りになったんですか。なにかこの鎌倉に関係でも……」

「いや、それなんですよ、金田一先生」

と、今波警部補は体を乗りだして、

「じつは死体の身元がわかったんです。被害者……かどうか、ここではいちおう被害者としておいて、とにかく死体の女の友人というのが、ちょうど片瀬へヨットで遊びにきていて、それが騒ぎを聞いて駆けつけてきて、それから死体の身元がわかったというわけですが、それが極楽寺の住人……と、いうより、極楽寺の別荘へ遊びにきていた連中なんですね」

「それで、女の身元というのは……？」

「それが……」

と、いいかけてから今波警部補は気がついたように、

「いや、それは高橋君に譲りましょう。高橋君、だいぶん興奮の体《てい》ですからな」

「それゃ、興奮もしますよ。警部さん」

と、高橋警部補は脂汗のいっぱい浮かんだ童顔を、ぐっとデスクの上に突き出して、

「金田一先生はご存じですかどうですか、赤坂にX・Y・Zというナイトクラブがあるんですが……」

「存じております。もちろん足踏みしたことはありませんが、うわさは聞いております。問題の人、岩永久蔵氏が経営している店ですね」

「そうです、そうです。ところが首なし死体の本人は、そのX・Y・Zのホステスで、神崎《かんざき》八百子《やおこ》という女だというんです。しかも八百子と岩永氏の関係というのが、たんに経営者対ホステスの域をこえて、パトロン対愛人の関係になっていたというんですからね」

突然、シーンとした沈黙が、この殺風景な部屋のなかに落ち込んできた。

等々力警部は大きく眉《まゆ》をつりあげて、食いいるような眼を高橋警部補と見交わしている。まるでふたりでにらめっこでもしているように。……

金田一耕助は金田一耕助で、ヒューッと口笛を吹きかけたが、さすがに場所柄を考えてひかえたものの、そのかわり例によって例のごとく、雀の巣のようなもじゃもじゃ頭を、めったやたらとかきまわした。

消えた男

岩永久蔵……それはいろんな意味で問題の人物だった。戦後かれの名がにわかに有名

になったのは、ある大会社の乗っ取りに暗躍して以来のことである。その乗っ取りは成功しなかったが、かれのえげつない手腕を財界方面に認識させるには十分だった。

こうして岩永久蔵恐るべしの印象を財界方面にふかく植えつけると同時に、かれはまた政界方面へもダニのように食いいっていった。ここ数年来あいついで起こった、政党の屋台骨をゆすぶるような大きな汚職事件には、たいていこの男が介在するといわれながら、しかもいまだかつて検察当局にしっぽをにぎられたためしがなかった。

一部では汚職屋とまでよばれ、汚職を食いものにして太った男とまでいわれながら、かれはいつも検挙の一歩手前でうなぎのようにすらりと切り抜けている。いまをときめく政界の領袖《りょうしゅう》たちでも、この男がひとこと口をすべらせれば、たちどころに失脚するだろうといわれるくらい、かれは政界財界両方面の暗い面に食い込んでいる。

金田一耕助はときどき新聞や週刊誌、あるいはまたテレビの画面などに現われる、岩永久蔵という男の風丰《ふうぼう》をよくおぼえていた。

それは文字どおり豚のように太った男で、猪首《いくび》で二重にくびれた顎《あご》をもつその顔は、このうえもなく醜怪であると同時に、破廉恥と厚顔無恥そのもののような印象を、金田一耕助は強く脳裏にきざみこんでいた。

これを要するに岩永久蔵という男は、モラルを失った戦後の社会が生んだ、人間の疫《えき》癘《れい》のような人物なのである。

「ふうむ」

と、等々力警部はふといため息を鼻からもらすと、

「高橋君、まちがいないんだろうね。問題の首なし死体が岩永久蔵の愛人にちがいないということは……？」

「はあ、それはもうまちがいはなさそうです」

「しかし、首のない死体の身元が、どうしてそう簡単に立証されたんだろう」

「いや、それが水着の関係なんです。あとでごらんになればわかりますが、ちょっと特長のある水着なんですね。それに八百子の友人のうちにひとりだけ、八百子の内股《うちまた》にあいう刺青があることを知っていたものがあるんです」

等々力警部はちょっと眼をそばだてて、金田一耕助のほうをふりかえったが、金田一耕助は無言のままうなずいたきりで、あえて口を出そうとはしなかった。

「なるほど。それで神崎八百子という女は、X・Y・Zのホステスをやっていたというが、この鎌倉へ遊びにきていたのかね」

「ああ、そこのところの事情は今波君からきいてください。今波君、きみからどうぞ」

「ああ、そう、承知しました」

と、今波警部補は卓上から手帳を取り上げてページをくりながら、

「この極楽寺に岩永久蔵氏の別荘があるんですね。なんでもことしの五月に手に入れたものだそうです。八百子はそこへ男女とりまぜて四人の友達をつれて、一週間ほど前からきていたんだそうです。ところが一昨日、……すなわち土曜日の午後二時ごろ、八百

子は沖へ泳いで出たきり帰ってこなかったんですね。それで……」

「ああ、ちょっと」

と、金田一耕助がさえぎって、

「そのときは八百子ひとりで泳いでいたんですか」

「いや、ほかの四人もいっしょだったそうです。そのなかのひとりと競泳しようと沖へ出たきり、帰ってこなかったというんです」

「で、そのとき、すぐに届け出はなかったの？」

と、これは等々力警部の質問である。

「はあ、それがのんきな連中でそのままほったらかしてあったんです。もっとも話を聞いてみるとむりもないところもあって、前にも一度そういうことがあって、さんざん一同を心配させながら、どこかへかくしてあった洋服を着て、そのまま東京へ帰ってしまって、東京から電話をかけてきて、一同をあっとばかりにくやしがらせたことがあるんだそうです。だから、こんどもまたそのでんで、いまに東京から電話がかかってくるんだろうくらいに、みんなたかをくくっていたんだそうです。ところが……」

と、今波警部補はメモを見ながら、

「きのうの日曜の午後、四人の仲間のうち古屋恭助《きょうすけ》と東山里子というのが、ヨットで江の島まで遊びにいったところが、女の首なし死体が浮いてるというんで、まあ、好奇心にかられて見にいったところが、水着が八百子のものに似ている。しかも、この東山里子というのが八百子の左の内股に、スペードの女王の刺青のあることを知っていたというわけですね。それで、結局死体をこちらへ引き取るということになったわけです」

「なるほど」

と、等々力警部はうなずいて、

「それで、岩永久蔵は……？　いまこちらへきているの？」

「いいえ、岩永氏は週末にしかこないんだそうです。それも週末にはかならずくるとは限っていないんだそうで、一昨日の土曜日にはこれないという電話があらかじめあったそうです。だから、いっそうみんなは八百子が東京へ帰ったものだとばかり思いこんでいたというんですね」

「そうすると、いま極楽寺の別荘にいるのは……？」

「はあ。つぎの六人です」

と、今波警部補はメモに眼を落として、

「もっともこのなかのふたりは土曜日の六時ごろ、自動車でやってきているんですが……まず、以前からいた連中を申し上げますと、古屋恭助と中田三四郎、……ふたりとも作家のたまごだといってますがどうですか。そうそうこのうちの中田三四郎という男が土曜日の午後、八百子と沖へ競泳に出かけて、そのまま姿を見失っているんですね。それから、東山里子に有明ミユキ……八百子はなんでも以前、極東キネマのニューフェースに合格したことがあるんだそうで、東山里子と有明ミユキはその当時の仲間だそうで、東山里子のほうはいまでも極東キネマに席があるそうですが、有明ミュキのほうは目下ヌードモデルかなんかしているらしい」

「それで、土曜日の午後六時ごろこちらへやってきたふたりというのは……？」

と、これは金田一耕助の質問である。

「はあ、谷口健三……と、これが岩永氏の秘書だそうですが、その谷口が自動車をあやつって、古川あや子という、これまたX・Y・Zのホステスをやっている女といっしょにやってきているんですが、ここにちょっと妙なことがあるんです」

「妙なことというのは……？」

「谷口の自動車にはもうひとり、伊丹辰男《いたみたつお》という八百子の友達がいっしょに乗ってやってきたんだそうですが、こっちへ着くとまもなく、その伊丹というのがどこかへ消えちまったんだそうです」

「人間がひとり消えた……？」

と、等々力警部は眼をまるくして、

「それゃいったいどういうことなんだい」

「どういうことだか、とにかく谷口の自動車で極楽寺の別荘まできたことはきたそうです。ところが一同そろって晩飯ってことになったとき、伊丹辰男の姿がどこにも見えない。それっきりなんだそうです」

「それが土曜日の夕方のことなんですね」

「そうです、そうです。そのときにゃだれもまだ、八百子が殺されてるなんてことは知っていなかった。たぶんまたみんなを出し抜いて、東京へ帰ったんだろうとうわさしてたところだから、伊丹という男がいなくなったのも、それほど気にもとめなかったんだそうです。たぶんこちらへきたものの八百子がいないので、つまらなくなって帰ったんだろうくらいに見てたんですね」

「その伊丹辰男というのはなにをする男なんだね」

「ところが、だれもそれを知らないんですね。前からこちらにいた四人……すなわち古屋恭助に中田三四郎、東山里子と有明ミユキの四人は、そんな男、会ったこともなければ名前を聞いたこともないというんです。ただ、谷口と古川あや子……谷口の自動車でいっしょにやってきたX・Y・Zのホステスをやってる女ですね。このふたりはちょくちょく、ナイトクラブで八百子といっしょのところを見かけたことがあるが、なにをする男なのか、また八百子とどういう関係なのか、詳しいことはなんにも知らぬというんです」

「しかし、そんなあいまいな男をどうしてまた、自動車に乗っけてきたんだろう」

と、等々力警部が眉をひそめたのももっともである。

「いや、それはこうだそうです。土曜日の正午ごろ、谷口が岩永久蔵氏の代理で、八百子のところへ電話をかけてきたんですね。つまり岩永氏は今夜行けないという、……そしたら、八百子はあなたはどうするって聞いてきたので、自分は社長のお許しが出たので行くと答えたところが、それじゃそのとき自分の車を持ってきてほしい。それから伊丹さんがそちらへ行くかもしれないから、伊丹さんが行ったらいっしょに自動車へ乗っけてきてあげてほしいって、八百子からの要請があったんだそうです。そしたら果たして、伊丹という男がX・Y・Zへやってきたので、それでいっしょに自動車へ乗っけてきたんだそうです」

「なるほど」

と、金田一耕助はぼんやりと、頭の上の雀の巣をかきむしりながら、

「ところが、正体不明のその男、伊丹辰男と名乗る男は、こちらへくるなり姿を消してしまったというわけですね」

と、なにかに精神を集中しようとするかのように、じっと虚空《こくう》のある一点に瞳《ひとみ》をすえている。なにかしらかれの鋭い脳細胞にひっかかるものがあるらしいのである。

「しかし……？」

と、そばから高橋警部補がなにかいいかけたが、金田一耕助の緊張した横顔に眼をやると、そのまま口をつぐんで黙ってしまう。

金田一耕助はそれに気がつくと、にこにことひとなつっこい微笑をそのほうにむけて、

「しかし……？　なにか……？　御意見があったら聞かせていただきたいんですが……」

「いや、なに、意見というほどのことじゃないんですが……」

と、高橋警部補はちょっとヘドモドした調子で、

「伊丹辰男というその男、姿を消したことはたしかにおかしいと思うのですが、八百子が死亡した時刻には、その男、東京……あるいは東京からこちらへくる途中にいたということになるんですが……」

「ああ、そう、しかし、高橋君、ところがこちらにはこういう話があるんだがね」

と、いいかけてから等々力警部は気がついたように、

「今波君、なにかそのほかに話は……？」

「いや、こちらの話はだいたい以上のようなものです」

と、今波警部補は手帳をとじると、

「なお、詳しい話は別荘の連中におききになってください。きょう一日は足止めしてございますから」

「ああ、そう、それじゃ金田一先生、あなたから話してやってくれませんか。高橋君」

「はあ」

「これはきみにとって非常に参考になる話だと思うから、ようく金田一先生にお話を聞かせてもらいたまえ」

「はあ」

高橋警部補は緊張に体をかたくする。今波警部補も好奇心にみちた眼を金田一耕助のほうにむけて、待機の姿勢である。

金田一耕助はふところからメモを取り出すと、

「それじゃ、わたしからお話ししましょう」

と、きょう彫亀の妻女、坂口キク女から聞いた話の一部始終を語ってきかせると、高橋、今波の両警部補も呼吸をのんで聞きいっていたが、ふたりともしだいに興奮してきた証拠には、顔面が紅潮してきたことでもうかがわれる。

ことに高橋警部補のごときは、鼻のあたまにいっぱい吹き出した汗をぬぐおうともせず、要所要所をメモにとっていたが、やがて金田一耕助の話がおわると、茫然《ぼうぜん》たる眼を今波警部補と見交わしていた。

「そうすると、金田一先生」

と、高橋警部補は咽喉《のど》の奥からしゃがれた声をしぼりだすように、

「きのう片瀬の海に浮かんだあの首なし死体は、実際はスペードの女王じゃなく、そのとき……」

と、いまとったメモに眼を落とすと、

「すなわちことしの三月一日から二日の晩にかけて、彫亀という彫物師に刺青された女だとおっしゃるんですか」

「はあ、そういう可能性もあるわけですね。いや、少なくとも彫亀の妻女はそういう疑いをもったものだから、わたしのところへ相談にきたんでしょうねえ」

「それで、彫亀は前にも一度正体不明の女の内股に、スペードのクイーンを彫ったことがあるが、そのときは陳という中国人にたのまれたというんですね」

「陳……なんといったかそこまでは彫亀の妻女も聞いていなかったようです。でも、中国人のヤミ屋のボスだと彫亀はいってたそうですからね」

「いや、それゃやっぱり陳隆芳でしょう。昭和二十二年ごろ陳隆芳は三原橋の近くの、東亜ビルという焼けビルに事務所をもっていたそうですから、彫亀がつれこまれたのはきっとそこでしょう」

「昭和二十二年というと神崎八百子はなにをしていたでしょうねえ」

「極東キネマのニューフェースじゃなかったでしょうかねえ」

と、よこから口をはさんだのは今波警部補である。

「しかし、これはニューフェースの同期生、東山里子や有明ミユキにきいてみれば、もっとはっきりするでしょう」

「それに、警部さん」

と、高橋警部補は意気込んで、

「ことしの三月一日の晩、彫亀を引っ張りだしたベールの女が、神崎八百子とすると、その晩、彫亀がつれこまれたのは、X・Y・Zの二階じゃないでしょうか。ジャズかウエスタンの音が遠くかすかに聞こえてきたというところをみると……」

「高橋君、神崎八百子はX・Y・Zに部屋をもっているのかね」

「いや、部屋をもっているどころか、そこの二階に住んでるんだそうですよ」

一同はシーンと顔を見合わせていたが、突然今波警部補がブルンと体をふるわせると、

「そうすると、スペードの女王はいよいよ神崎八百子だということになり、きのうこちらで発見された首なし死体は、実際は神崎八百子ではなく、ことしの春彫亀に刺青された正体不明の女だということになるんですか」

「まあ、そういう可能性が非常に大きくなってきたわけだね」

等々力警部が憮然《ぶぜん》としてつぶやいたとき、卓上電話のベルが鳴りだした。今波警部補は受話器をとってふた言《こと》み言話していたが、

「ああ、そう、それじゃこれからすぐに行く」

と、受話器をおくと、

「いま解剖がおわったそうです。おふたりともいらっしゃるんでしょう」

「ああ、そう」

言下に等々力警部と金田一耕助は立ちあがっていた。

金田一耕助が時計を見ると、時刻はもう五時三十分を示している。

K・K病院にて

この解剖には県の警察本部から、嘱託の根岸栄作博士が出張してきて当たった。

根岸栄作博士はこのみちのベテランで、神奈川県の警察界のみならず、中央にも名前を知られていて、等々力警部はもちろん旧知の間柄であった。金田一耕助はまだ会った

ことはなかったが、名前は以前から聞いていた。

一同がK・K病院へ着いたとき、根岸博士は院長室で、副院長の西村博士とともに、ハイボールをすすっているところだった。

「やあ、等々力君、しばらく」

と、根岸博士は上きげんで、

「きみがこうして東京からわざわざやってくるところをみると、こいつよほどの大事件なんだな」

「やあ、先生、しばらく。お話をうかがう前にご紹介しておきましょう。こちらご存じでしょう、金田一耕助先生」

「おっ！」

と、いうような声をあげて、根岸博士は眼をまるくすると、破顔一笑、ハイボールのグラスをそこへおいて、アームチェヤーから立ちあがった。

「これはこれは……いや、お名前はかねがね伺っておりましたよ。一度お眼にかかりたいと思っていたんだが、これはようこそ……」

根岸博士はもうかれこれ七十だろう、頭髪は雪のように真っ白だが、血色のよいカクシャクとした老人で、金田一耕助の手をにぎりしめたてのひらなども、ぼってりと壮者のように肉が厚かった。

「いやあ、はじめまして。わたしこそ一度先生のご謦咳《けいがい》に接したいと思っていたところでした。ここでお眼にかかれて光栄です」

「あっはっは、お世辞がいいな。もうこういう老骨になったら、そろそろ足を洗ったほうがいいんだろうが、やっぱりこれで好きなんだろうね。ああ、そうそう」

と、そばにひかえている金縁眼鏡の紳士をふりかえると、

「こちらここの院長の小せがれでな、西村浩介《こうすけ》。おやじの院長めまだ若いのに高血圧だなどとぬかしおって、横着《おうちゃく》をきめこんでるので、この小せがれが代理をつとめとる。まだくちばしが青い分際で心もとないんじゃが、金田一先生などひとつ引き立ててやってください」

くちばしが青いといっても年齢からいうと金田一耕助とおっつかっつ、にこにこと笑顔のよい中年の紳士である。西村博士は看護婦に命じて一同にハイボールのグラスを配らせた。

根岸博士のくちぶりから察すると、先生は職務のために出張してきたばかりではなく、ここの病院の院長と昵懇《じっこん》の間柄らしい。

「ときに、先生」

と、今波警部補は看護婦から受け取ったハイボールのグラスをおいて、

「さっそくながら、解剖の結果を聞かせていただきたいのですが……」

「ああ、よし」

と、根岸博士はハイボールに紅《あか》くなった顔をなでながら、

「詳しいことは書類にして提出するが、簡単にいうと死因は不明、ただし脊髄《せきずい》出血がはげしいところを見ると、頭部に致命の一撃をくらっているらしい。だけど、その致命の一撃というのがピストルでやられたのか、ぐゎんとひとつぶん殴られたのかそこまではわからん」

「と、いうことは溺死《できし》じゃないということですな」

「溺死じゃない。それはもう完全だ」

「と、すると、海中において致命の一撃を受けたのか、それとも、陸上で殺害されたあげく、首を斬り落とされてから海中へ投げこまれたのか、そこのところはわかりませんか」

「それも正確にはわからない。しかし、陸上で殺害され、首を斬り落とされてから海中へ投げこまれたという可能性は大いにある。いったいあの死体の女、昼食は何時ごろにとっているんだね」

「さあ、そこまでは聞いておりませんが、二時ごろみんなで海へ行ったといってますから、常識からいって十二時から一時までのあいだじゃないですか」

「と、すると、いよいよ陸上説が濃厚になってくるな。胃の内容物を調べてみると、食後四時間というところだ。だから十二時に昼食をとったとして四時ごろ、一時として五時ごろに死亡したことになるから、二時に海へ入ったとして、そう長時間海中にいられるとは思えないからね」

「なるほど、すると他殺の疑いがますます濃厚になってくるわけですね。それで食事の内容は……？」

「ソーメンと福神漬け……だから、これ朝食とは思えないんだ。朝からソーメンを食うやつはちょっとないだろうからな」

「その点については別荘の連中に確かめてみましょう。それで年齢やなんかは……？」

「推定年齢は三十前後……二十七、八から三十までのあいだだろう。いい栄養をしている。ああ、それからアルコール分がだいぶん残っている。だから前の晩、酒を飲みすぎて食欲がなく、昼飯にソーメンを流しこんだというところじゃないか。もちろん処女じゃない」

「わかりました。そうすると心臓麻痺《まひ》とかなんとか、そういう徴候は全然ないわけですね」

「それは全然ない。健康ないい心臓をしているよ」

「と、すると海中でなにかの事故のために頭部を強打して死亡したか、それとも他から頭部に強い一撃を加えられて死亡したか……そのどちらかですが、あとのほうが可能性が大きいというわけですな」

「そう、全然海水を飲んでないところをみるとね」

「ときに、先生」

と、そばからくちばしをはさんだのは高橋警部補である。

「例の刺青ですがね」

「ああ、あの刺青がなにか……？」

「はあ、あの刺青について金田一先生が、驚くべき情報をもってきてくださいましてね」

「驚くべき情報というと……？」

「いえ、あの刺青がいつなされたかということが問題になってきたんです。あの死体の女がわれわれの考えているとおり、神崎八百子だとすると、あの刺青は昭和二十二年ごろやったことになるんです。ところがひょっとするとあの死体は、神崎八百子の身替わりじゃないかという疑いが、さっき金田一先生のもたらしてくだすった情報によって生じてきたわけです。で、もし、あれが神崎八百子ではなく、身替わりだとするとあの刺青は、ことしの春やったことになるんですが、それ、医学的に鑑別できないでしょうかねえ」

根岸博士はハイボールのグラスをにぎったまま、高橋警部補の話に耳をかたむけていたが、やがてぐっとひとくちグラスをあおると、

「なるほど、それで金田一先生と等々力警部が駆けつけてきたというわけだな」

と、ジロリとふたりのほうを見て、

「それはむつかしい問題だな」

「先生、医学的に刺青をほどこした時期を判定するということは、不可能なことでしょうかねえ」

と、金田一耕助は両手でハイボールのグラスをもんでいる。

「そうだね。それはむつかしい問題だねえ。元来刺青というものは歳月とともに薄れるってもんじゃないからな。だけど、この春といっていつごろ……？」

「三月一日と二日のふた晩かけて、正体不明の女の内股にスペードの女王の刺青がほどこされているんです。それも、もうひとりこれまた正体不明の女の内股にある、スペードの女王を手本としてですね」

「ふうむ」

と、根岸博士は鼻からふとい息を吐いて、

「探偵小説そこのけの事件になってきたな。すると刺青をほどこしたほうがほどこされたほうを殺して首をちょんぎり、自分の身替わりに立てたというわけかな」

「はあ、いまのところそういう疑いもあるというわけです」

「それなら、金田一先生、その刺青をした職人をつれてきて鑑定させたらどうじゃな。これ素人細工とは思えんが……」

「ところが、先生、それがいけないんです」

「いけないというと……？」

「その職人というのがその後死んでるんです。変死をとげているんですね」

根岸博士はするどく金田一耕助の顔を見て、

「殺されたのかな」

と、声がいくらかしゃがれていた。西村博士も驚きの眼をみはっている。

「ええ、その疑いも多分にあるわけです」

根岸博士は無言のまま金田一耕助の顔を見ていたが、

「なあ、金田一先生」

と、少し体を乗りだすようにして、

「どういう事情か詳しいことはわしにもわからんが、そうすると犯人はよほど用意周到なやつだということになるな」

「はあ、たぶん……」

「と、するとそいつは刺青というものの性質もよく知ってるにちがいない。詳しく調べたにちがいないな。だから、刺青というやつはある期間たってしまえば、古いか新しいか鑑別しにくいということも、計算に入れていたにちがいない。用いた材料に相違でもあればじゃが、それも職人が死んでしまえばわからんということになるな。まあ、一度調べてみろといえば調べんこともないが、期待してもらっちゃ困るよ」

金田一耕助もこのことはあらかじめ覚悟していたので、たいして失望もしなかった。医学的にむりとしても、なんらかの方法で身替わりであるかどうか、証明できる方法があるのではないか。いや、それを探求するのが自分の仕事なのだ。

「金田一先生、いちおう死体をごらんになりますか」

と、そばから声をかけたのは西村博士である。

「はあ、それでは念のために……もっともぼくなんかが見たところで、べつに新しい発見もないでしょうがねえ」

金田一耕助がいったとおり、死体からはべつにこれといって得るところはなかった。内股にあるスペードの女王の刺青が、また改めて入念に点検されたが、ただ見たところでは、それがいつごろ刺青されたものかわかるはずはなかった。ただいえることは、それが非常にきわどいところに刺青されているということである。

この死体の状態をあまり詳しく述べることはひかえよう。それは読むひとの悪寒《おかん》と嘔吐《おうと》を誘うばかりだから。ただ、それは一個の残酷に傷つけられた、なまなましい肉塊であったということだけを伝えておこう。

「今波さん、この刺青、写真に撮ってあるでしょうね」

「はあ、いちおう撮ってあることはありますが、そういう問題が起ったとすると、もう一度改めて、入念に撮影しておきましょう」

「そうしておかれたほうが……」

手術室から出てきた金田一耕助と等々力警部は、あの肉塊が着ていた水着を見せてもらったが、なるほどそれは珍奇好みの現代でも、とくに斬新《ざんしん》奇抜なスタイルで、これならば友人たちにすぐ識別がついたのもむりはないと思われた。

一同はそれから極楽寺の別荘へ行こうと、病院の門を出かけたが、そのとき、

「ああ、金田一先生、ちょっと……」

と、うしろから呼びかけたのは西村副院長である。

「ああ、なにか……？」

と、金田一耕助が二、三歩あともどりをしかけると、西村博士もスリッパのまま追って出て、

「ちょっと妙なことがあります」

「妙なことおっしゃいますと……？」

「いえね、われわれがあの死体の解剖に当たっていた最中のことだそうですが、若い御婦人がひとり、死体を見せてもらえないかといってきたそうです」

「えっ？　若い女が死体を見に……？」

「ええ、そうです、そうです。しかも、死体の内股にスペードの女王の刺青が、あるというのはほんとうかと念をおしたそうですよ」

金田一耕助は等々力警部に眼くばせすると、

「いったい、それはどういう女でした」

「ああ、一ノ瀬君」

と、西村副院長はうしろをふりかえると、

「きみ、ここへきて直接先生や警部さんに申し上げないか」

「はあ」

玄関先に立っていた看護婦がおどおどしながらそばへよってくると、

「あのひと、やっぱりお引き止めしとけばよろしかったんでしょうか」

そこにかもし出された異様な雰囲気《ふんいき》に、一ノ瀬看護婦は頬をかたくこわばらせている。

「ああ、いや、それはまあいいんですが……」

と、金田一耕助は相手をなだめるように、

「それ、どういう女でした。まだ若い御婦人だという副院長先生のお話ですが……」

「はあ、年齢は二十四、五、六というところでしょうか、女事務員というようなタイプで……わりにハキハキものをいうかたでしたが、なんだかひどくおびえているふうでした」

「その女が死体を見たいといってきたんですね。何時ごろ……？」

「四時ごろでした。けさの新聞でごらんになって、片瀬へ行ったところが、こちらへ死体が引き取られているということを、どこかでお聞きになったとかで……」

「それで、死体の内股にある、スペードの女王の刺青のことを確かめたんですね」

「はあ、新聞に刺青のことが出ているが、それはほんとうかというようなことをおききになっていらっしゃいました」

「それで、あなたどうしたんですか。その女を……？」

「はあ、それがちょうど解剖の最中でしたから、少々お待ちくださるように申し上げたんです。そのとき警察のかたを探してみたんですが、あいにくどなたも見当たらなかったものですから……そしたらそのかた、死体の身元がわかったかというようなことをおききになったので、極楽寺の別荘へきていらっしゃる神崎八百子さんというかたらしいと申し上げたんですの。そしたら……」

「そしたら……？」

「はあ、あの……なんだかとてもびっくりしていらっしゃいました。それであたしが神崎八百子さんをご存じですかとお尋ねしたら、知っているともいないともおっしゃいませんでしたが、なんだかとても不安そうにソワソワなすって……」

「はあ、はあ、それから？……」

「はあ、それから極楽寺の別荘というのをおききになったので、岩永さん、岩永久蔵さんてかたの別荘だそうですと申し上げたら、じゃ、ちょっとそっちへ行ってみようと出ていかれたんですの。そのとき、解剖はたぶん五時か五時半にはすむだろうと申し上げたら、ではその時分にもう一度くるとおっしゃいましたが……」

一ノ瀬看護婦が腕時計に眼をやるのにつられて、金田一耕助も自分の腕時計に眼を落とすと、時刻はすでに六時半である。

「それで、その女名前は名乗らなかったのかい」

と、そばから等々力警部がことばをはさむと、一ノ瀬看護婦は思い出したように、

「そうそう、あちらへお名前をメモしておきましたから……少々お待ちくださいまし」

一ノ瀬看護婦は小走りに玄関へとびこんだが、すぐメモをもってひきかえしてくると、

「前田浜子さんとおっしゃいます。お所はおっしゃいませんでした。でも口ぶりから察すると、新聞を見て東京からいらしたんじゃないかと思われるんですけれど……」

前田浜子……？　平凡な名前である。

しかし、金田一耕助はなんだかその名前に聞きおぼえがあるような気がして、思わずもじゃもじゃ頭に五本の指を突っ込んだ。

はて、いつ、どこで聞いた名前だったか……？

「そのほかなにか、前田浜子という女について気づいたことは……？」

「はあ、とにかくひどくものにおびえたようなごようすでした。たえずこう不安そうにきょときょとなすって……」

「で、その女、極楽寺の岩永久蔵氏の別荘へ行くといって出かけたんだね」

「はあ。……ああ、そうそう、その岩永さんてかたも知っていらっしゃるんじゃないでしょうか。岩永さんの名前をきくと、いっそうびっくりなすったようでしたけれど……」

「警部さん」

と、高橋警部補は息をはずませて、

「とにかく極楽寺へ行ってみようじゃありませんか。そっちのほうにまだいるかもしれません」

「前田浜子……と、名乗ったんですね。そのひと……」

どこで聞いた名前なのかと、強く首を二、三度ふりまわしたときに、突然金田一耕助の脳裏によみがえってきたものがあった。

それはけさ緑ケ丘荘の管理人、山崎さんから聞いた名前なのである。

そうだ、たしかに前田浜子といっていた。そういう名前の女からけさ自分に電話がかかってきたといっていた。しかし、自分がまだ大阪から帰ってきていなかったので、それではまたのちほど電話をするといったそうだが……。

金田一耕助は山崎さんからそれを聞いても、べつに心にとめもしなかった。心にとめもしなかったからこそ、いままで名前を忘れていたのだが、それではあの電話はこの一件に関係があったのか……！

金田一耕助は啞然《あぜん》としてそこに立ちすくむと同時に、なにかしら妙にもやもやとした不安な思いが、雨雲のように腹の底からひろがってくるのをおさえることができなかった。

「金田一先生、ど、どうしたんですか。前田浜子という女がなにか……？」

等々力警部にそばから注意をうながされるまで、金田一耕助は茫然としてたそがれていく鎌倉山の空をながめていた。

消えた女

極楽寺にある岩永氏の別荘は背後は小高い丘を背負い、前面に極楽寺川をひかえたさびしいところで、ほかの別荘からは一軒ポツンと離れていた。この別荘はことしの五月に手に入れたものだというが、二階建てのなかなかしゃれたコッテージふうの建物で、広いベランダの外の庭には、手入れのいきとどいた芝生のなかに、夏の花の咲き乱れた花壇が、たそがれかけた薄暗がりのなかでも鮮やかだった。

あとでわかったところによると、この別荘は岩永氏の趣味というよりは、神崎八百子の主張で手に入れたものだそうである。

途中で簡単に食事をすませた一同が、この別荘を訪れたとき、六人の男女はホールに集まって、思い思いの姿勢でそれぞれの物思いに沈んでいるようであった。

「ああ、主任さん」

岩永久蔵氏の秘書をつとめているという谷口健三は、今波警部補の顔を見ると椅子《いす》から立ち上がってきて、

「ぼく東京へ帰りたいんですけれどいけませんか」

「いきなりどうしたんだ。東京のほうになにか気になることでもあるのかね」

「どうも少しようすがおかしいんです。ボス……いや、岩永さんの行くえが依然としてわからないんです」

「岩永氏の行くえがわからない……？」

と、ききとがめたのは等々力警部である。谷口の顔をするどく見ながら、

「きみは岩永氏の秘書なんだね」

「はあ」

「と、すると、だいたい岩永氏のスケジュールはわかっているはずだが……」

「はあ、ところが一昨日の土曜日の夕方から、きのういっぱいの岩永さんのスケジュールは、ぼくにもわかっていないんです。月曜日……つまりきょうの朝まで、ぼく暇をもらっていたもんですから……」

「それで、きみが最後に岩永氏に会ったのは……？」

「一昨日、土曜日の朝十時ごろ、田園調布にある岩永さんのお宅です。ぼくは毎日お宅のほうへお伺いして、それから事務所その他へお供することになっているんです」

谷口健三というのは二十五、六、とくに好男子というのではないが、好感のもてる男ぶりである。とくに魅力的なのはその体格で、あとでわかったところによると柔道三段だという。おそらく岩永久蔵氏は、この男を秘書兼用心棒として身辺においているのであろう。

「事務所というのはたしか丸の内だったね」

「いいえ、京橋です。京橋の七星ビルの四階、そこが岩永産業の事務所なんですが、もうひとつ赤坂にもあります」

「赤坂のはX・Y・Zというナイトクラブじゃないかね」

「ええ、そうです。そこに事務所と寝室があるんです」

「寝室もあるのかね」

「はあ、おそくなると泊まっていかれることがあるもんですから……」

「その寝室というのは神崎八百子の寝室と共同じゃないのかね」

「いいえ、隣り同士なんです。もっともドアひとつでつながっているそうですけれど……」

「それで……」

と、等々力警部は金田一耕助のほうをうかがったが、相手が無言のままひかえているので、そのまま質問をつづけていく。

「岩永氏には家族は……？」

「奥さんとお子さんがふたり、大学へいっている令息と、高校に在学中のお嬢さんです」

「神崎八百子とは愛人関係だそうだが、ほかに婦人関係は……？」

「いまのところはなさそうですよ。以前は赤坂の芸者にひとりあったそうですけれど……いまじゃ待合よりナイトクラブの時代ですからね」

「きみはいつごろから岩永氏の秘書に……？」

「この春からです。学校を出て一年ほど浪人していたんですけれど、柔道ができるというので、岩永さんの奥さんに拾われたんです」

「この春というといつごろから……？」

と、そばから口をはさんだのは金田一耕助である。

谷口健三は……いや、谷口健三のみならず、そこに居合わせた六人の男女にとっては、金田一耕助は気になる存在らしく、さっきからしきりにそのほうへ視線を走らせていたが、いまその金田一耕助が突然質問を切り出したので、みな一様に眼をまるくした。

谷口健三は一瞬ポカンとしていたが、気がついたように頭をさげると、

「はあ、あの……この四月からです。前にいた秘書の福田さんが体を悪くしたものですから……なにしろおやじさん、人使いが荒いですからね」

問われもしないことまでしゃべってから、谷口はちょっと顔を赧《あか》くして頭を下げた。秘書というものは、よけいなことをいってはならぬという訓練を受けているのであろう。

「ああ、そう、それでは警部さん、どうぞ」

等々力警部にも金田一耕助のおもてをかすめた失望の色の意味がよくわかった。金田一耕助はこの男を三月一日の夜、スペードの女王といっしょだった男ではないかと考えていたのであろう。

「ああ、そう」

と、等々力警部はうなずいて、

「そうすると、きみが岩永氏を最後に見たのは土曜日の午前十時ごろのことだというが、岩永氏はそれ以来消息を絶っているのかね」

「いえ、それがそうじゃないらしいんです。土曜日の夜、赤坂のほうへきたそうですが、それからあとがわからないらしいんです」

「きみは最後に会ったとき、こちらへ電話をするように頼まれたんだね。今夜は行けないという……」

「はあ」

「そのとき神崎八百子君に、自動車をもってくるように頼まれたというが、八百子君がこちらへきているのに、どうして車は東京にあったのかね」

「はあ、それはこうです。神崎さん先週の水曜日に東京へやってきたんです。自分で車を運転して……そして、その晩、大将……岩永さんといっしょにこちらへきたんですが、そのとき、岩永さんの車に同乗したので、神崎さんの車はそのまま赤坂のギャレージのなかにあったんです。それをぼくが土曜日に運転してくることは、前から決まっていたんです」

「ところで、きみがいっしょに乗っけてきた男……なんとかいったね」

「伊丹辰男氏ですか」

「そうそう、その伊丹辰男というのはどういう人物なんだね」

「いえ、それがぼくにもよくわからないんです。神崎さんがきょう赤坂のほうへくるはずだから、きたらいっしょに連れてきてほしいって、そういう電話だったもんですから……」

「しかし、前に会ったことはあるんだね」

「はあ、ちょくちょく赤坂で……だから、あのひとのことなら、ぼくよりあやちゃん……古川君のほうがよく知ってるんじゃありませんか」

「あら、あたしだっていっこうに……」

と、むこうのほうでモードの雑誌かなんかを、膝の上にひろげていた古川あや子が、そのときすばやく口をはさんだ。

「ちょくちょく八百子さんのところへいらっしゃるって、ただそれだけのことしか知りませんのよ。なにをなさるかたなのか、また、八百子さんとどういう関係のかたなのか……」

X・Y・Zでホステスをしているというこの女は、さすがに器量といい、メーキャップといい、ジェスチュアーといい、洗練されたものをもっていて、それだけにひと筋縄《すじなわ》ではいかぬ感じである。もっとも、ひと筋縄でいかぬ感じは、東山里子や有明ミユキにも共通しているようだが。……

「いったい、その伊丹辰男という人物はどういう風采《ふうさい》の人物なんだ。年齢はいくつくらいで職業はなんなのか、きみたち客商売をしているのだから見当くらいはつくだろう」

「さあ……」

と、谷口健三は当惑したように頭へ手をやると、

「年齢は四十前後というところじゃないでしょうか。いつもサングラスをかけていて、とても身だしなみのいい、まあ、紳士でしょうねえ。そうそう、小鬢《こびん》にチラホラ白いものが見えるようです。古川君、あんたどう思う？　あのひとを……？」

「さあ、あたしも直接お話したことがないのでよくわかりませんけれど、自動車かなんかのブローカーをやってらっしゃるんじゃないかと思うんです。いつか八百子さんと車

の話をしていらっしゃるのをちらと聞いたことがありますけれど、とてもお詳しいようでしたから。……ああ、そうそう、それからいま思い出したんですけれど、あのかた白髪染《しらが》めを使っていらっしゃるわねえ」

「白髪染め……？」

と、等々力警部は眼をみはって、

「どうしてそれがわかったのかね」

「だって、いま谷口さんのおっしゃった小鬢の白いものが、見えるときと見えないときがございますもの」

「そうすると、実際はきみたちが知っている以上に、頭が白くなってるんじゃないかというわけだね」

「はあ、白髪染めを使っていらっしゃるとすればですね」

「それで、おとといい自動車のなかでなにか話をしていたかね」

「いいえ、ところがそれがちっとも……あたしは運転台に乗せていただいたんですけれど、あのかたはうしろの座席でしたから。……でも、たまにはお愛想もと思って声をかけてみたんですけれど、ほとんど返事をなさいませんでしたわねえ」

「それを、きみたち変に思わなかったかね」

「いいえ、べつに……少なくともあたしは。……ただ、よっぽど用心ぶかいかただと思いましたけれどね」

「それで……」

と、等々力警部は谷口健三のほうへむきなおり、

「きみのところへは何時ごろにやってきたんだね」

「はあ、土曜日の一時ごろ京橋の事務所のほうへ電話をかけてきたんです。そのとき、車は赤坂のギャレージにあるから、そっちから出発するといったら、四時ごろ赤坂へやってきました。しかし、出発は五時ごろになるといったら、それじゃちょっと用足しをしてこようとどっかへ行って、五時ごろまたやってきたんです」

等々力警部はちょっと考えたのち、そこに控えている四人の男女をふりかえって、

「きみたち、伊丹辰男という人物についてなにか気がついたことはないかね」

四人の男女はちょっと顔を見合わせていたが、かれらの代表となって答えたのは古屋恭助。作家のタマゴだというけれど、この男も中田三四郎も、ともに金持ちのドラ息子だとあとでわかった。どちらも二十七、八というところだろう。

「これはそこにいる主任さんにも話したんですけれど、ぼくたちそのひとに会っていないんです。サングラスをかけた中年の紳士が、マーキュリーからおりたのは知ってます。だけどそれっきりどっかへ行っちまったんで、谷口君、だれか近所のひとでも乗っけてきてあげたんだろうくらいに思ってたんです」

「食事のときになって谷口君がそのひとをさがしているんで、はじめて八百ちゃんの客だったということを知ったくらいのもんですよ」

と、古屋恭助のあとにつづいて付け加えたのは、中田三四郎だった。東山里子も有明ミユキもふたりのことばを肯定した。四人ともサングラスの男の姿を見ていることは見ているのだが、それがこの家の客とは知らなかったというのである。

「しかし……」

と、等々力警部はまだ納得がいきかねる顔色で、

「土曜日の午後谷口君が電話をかけてきたとき、だれも八百子の話しているのを聞いたものはなかったのかね」

「そのことなら……」

と、古川あや子があでやかな微笑をふくんで、

「あとで電話室をごらんになればおわかりでしょう。電話室へ入ってなかからぴったりドアをしめてしまえば、絶対に外からは聞けないようになっております。八百子さんはそういう点、とても用心ぶかいひとでしたから……」

と、いうことは秘密の多い生活をもっていたということを、言外にほのめかして、あや子はあでやかに微笑するのである。

「ああ、ここでちょっと聞くが……」

と、ことばをはさんだのは高橋警部補である。

「だれか神崎八百子が、猫眼石の指輪をはめていたのを見たことはないかね」

「猫眼石の指輪……?」

と、一同は顔を見合わせたが、だれもそれを知っているものはなかった。

しかし、これは当然かもしれない。神崎八百子が真実スペードの女王だったとしても、彼女がそれを身につけるのは、おそらくスペードの女王として活躍するときに限られていたのだろう。ふだんはむしろその指輪を、ひたかくしにかくしていたにちがいないから、この連中の知らないほうがむしろ当然だったろう。

「それ、いったい、どういう意味ですの」

と、好奇心の眼を光らせたのは古川あや子で、さぐるように高橋警部補の顔を見ながら、

「八百子さんはずいぶんいろんな宝石類をもってるようですけれど、猫眼石の指輪って見たことはないわね」

「いや、まあ、知らなきゃそれでいいんだが……」

と、高橋警部補はことばをにごすと、

「そうそう、それじゃもうひとつきくが、昭和二十二年の春ごろ神崎八百子はなにをしていたかしら」

「ああ、それなら……」

と、東山里子は有明ミユキと顔を見合わせたのち、ちょっと体を乗りだして、

「極東キネマの演技研究生でした。あたしども三人、ミユキちゃんと八百ちゃんとあたしの三人は、極東キネマの戦後ニューフェースの第一期生だったんです」

「でも、あのひと、二十二年の秋にはもうよしてたわね」

と、相槌《あいづち》を打ったのは有明ミユキである。

なるほど、ヌードモデルをしているというだけあって、そのしなやかな肢態《したい》は牝豹《めひょう》の精悍《せいかん》さを思わせるものがある。真っ赤に染めた爪がこの女にかぎって妙になまなましい。

「極東キネマをよしてからなにをしていたのかね」

「さあ」

と、有明ミユキは東山里子と顔を見合わせて、

「だれかパトロンでもついたんだろうといってたんですよ。だけどそのパトロンがどういうひとだかわからなかった。なにしろ、あのひと昔から秘密癖の強いひとでしたからね。それから三、四年たって、昭和二十五年ごろからキャバレーやなんかを転々として、去年の春、X・Y・Zができると同時にホステスになったんですの」

「X・Y・Zへ入る前の八百子のパトロンというのをだれか知らないかね」

しかし、だれもそれに対して答えるものはいなかった。

「古川君、きみは……？」

「いいえ、あたしはX・Y・Zへ入ってからの知り合いですから。……でも、社長さんとはX・Y・Zができる前からの知り合いだったらしく、単なるホステスじゃなく、あのナイトクラブをまかせるという条件で、社長さんがあのひとをつれてきたらしいんですの」

「それで、まかせていたの、経営を……？」

「とんでもない。そんななまやさしい社長さんじゃありませんわね。それが八百子さんの不平の種のようでした」

「ときに……」

と、そのときもぐもぐ横から口を出したのは金田一耕助である。

「神崎八百子君にああいう刺青があることを知っていたのはきみでしたね」

「はあ」

だしぬけに声をかけられて、東山里子はちょっとドギマギしたが、それでも笑いをふくんだ眼で、金田一耕助のもじゃもじゃ頭をながめている。

「きみは前からあの刺青のことを知っていたの」

「いいえ、こちらへきてからです」

「いつ、どういう機会に……？」

「あれは金曜日の晩のことでした。あたしどもいっしょにお風呂《ふろ》に入ったんです。そのときちらとあたし見てしまって、……八百子さんも見られてしまったもんだから、しかたなしに見せてくれましたけれど、なんでもキャバレーにいる時分、お客さんに眠り薬かなんかのまされて、眠ってるうちにこんな悪戯《いたずら》をされたんだっていってましたけど……」

そんなこととても信じられないというように、東山里子は鼻の上に皺《しわ》をよせて、奇妙な微笑を浮かべている。

しかし、里子のこの証言ははなはだ暗示的であるといわねばならない。

金曜日の夜はじめて八百子の友人のひとりが、八百子の内股にああいう刺青があることを知ったのだ。そして、それからなか一日おいた日曜日の午後、同じような刺青のある女の首なし死体が発見されているのである。

これでは彫亀の妻女の疑惑を支持したくなってくるではないか。

「ああ、ときに……」

と、さっきから手帳を片手に話の切れ目を待っていた今波警部補が、そのときやっと割りこむすきを見つけて、

「土曜日の神崎八百子の食事について聞きたいのだが……あの日、海へ出る前に八百子がどんな食事をしたかおぼえているだろうね」

一同はちょっと呆気《あっけ》にとられたように顔を見合わせていたが、

「ああ、わかりました。解剖の結果、胃のなかになにがあるかわかったんですのね」

と、古川あや子がにっこり笑って、

「あの日のお昼はおソーメンでした。八百子さん前の晩飲み過ぎて食欲がないとかで、われわれ一同もおいしくもないおソーメンを食べさせられたんですの」

「それと福神漬けね」

と、有明ミユキが相槌を打った。

「その昼食は何時ごろでした。正確にいって……」

「正確にってわけにはいきませんけれど、十二時は過ぎてたわね。でも一時にはなって

なかった」

「そうそう、あの日、八百子さん十一時ごろ起きてきたのね。なんだか青い顔して食欲がないって……それであのひとだけ、朝昼兼帯のお食事だったんですけれど、それをわれわれがお相伴《しょうばん》させられたってわけです」

「そうです。そうです」

と、そのときそばから長身を乗りだしたのは中田三四郎である。

「だから、ぼくはあのとき競泳はよそうっていったんです。二日酔いのそんな調子じゃ、とてもぼくに勝てっこないって……」

「ああ、そう、すると競泳も八百子のほうから挑戦《ちょうせん》してきたんだね」

と、等々力警部は金田一耕助と顔見合わせた。

胃の内容物が一致するということは、彫亀の妻女の疑惑を裏切るようだが、しかし、自分の身替わりを立てようというほど、用意周到な犯人なら、あらかじめ同じ食事を同じ時刻に、犠牲者に食べさせておくくらいの準備はしていたかもしれない。

等々力警部はそれを思うと、全身に鳥肌《とりはだ》が立つような空恐ろしさにうたれずにはいられなかった。

「それではもうひとつきくが……」

と、等々力警部は咽喉《のど》の奥から絞り出すような声で、

「きみたち前田浜子という女を知らない？　さっきこっちへ訪ねてきたはずなんだが…

「前田浜子さんて……？」

と、古川あや子は一同と顔見合わせて、

「それ、どういうかたですの」

「いや、こっちにもまだよくわかっていないんだが、二十四、五か五、六の女事務員ふうの女なんだが……」

「いいえ。存じません。谷口さん、そんなひとがここへ訪ねてきて……？」

「いいえ、知りません。そんなひとがここへくることになっていたんですか」

一同の顔色からみると、前田浜子はここへ訪ねてこなかったらしい。金田一耕助は突然ふっと不安を感じた。

「今波さん、あなた病院へ電話をかけてごらんになったら……？　前田浜子がやってきたかどうか……？」

「はっ、承知しました。ちょっと電話を借りたいんだが……」

「さあ、さあ、どうぞ。ホールを出て右側に電話室がございますから。ついでに電話室の構造もよくお調べになって」

古川あや子が立ってホールの入り口まで、今波警部補を案内した。そのあや子が席へもどるのを待って、

「ときに、みなさんにもうひとつ、お尋ねしたいことがあるんですが……」

と、金田一耕助が切り出した。

「ことしの二月二十八日の晩、すなわち二月のいちばんおしまいの晩ですね。それと三月一日二日の晩、岩永さんはどこにいたでしょうね。谷口君、きみにわからないかね」

「はあ、二月といえばまだ前任者、福田さんの時代ですから……」

「あの……それならあたしがよく存じております」

と、そばからくちばしをはさんだのは古川あや子である。あや子の唇《くちびる》のはしには謎《なぞ》のような微笑がきざまれていた。

「あなたが……?」

「はあ」

と、あや子は謎のような微笑をいよいよふかくして、

「どういうわけでそういうお尋ねがあるのか存じませんけれど、三月一日の晩ならば社長さんは銀河のなかでした。あたしもいっしょだったんです」

「ああ、岩永さん御旅行だったんですか」

「はあ、それについてちょっとおもしろいお話をいま思い出しました」

「おもしろいお話というと……」

「社長さん、三月一日の夜東京をたって神戸へ行かれ、五日にこちらへ帰ってこられたんです。そのときむろん八百子さんを誘われたんですけれど、八百子さんどういうわけか断わったんですのね。それであたしが代わりにお誘いを受けたんですの。あら、そん

なに顔をごらんになることはございませんのよ。うちのホステス、みんな社長さんのお手がついてるんですからね。ほっほっほ」

「それで、おもしろい話というのは……？」

「はあ、それはこうですの。社長さん十二時まで食堂車にいられたんですのね。あたしもむろんお相手をしていたんです。そしたら十二時になったら社長さん、突然げらげら笑い出したんですの。わけを聞いてみると、社長さん、八百子さんにちょっと悪戯《いたずら》をなすったんですのね」

「悪戯というと……？」

「なんでも、八百子さんの寝室のどこかへオルゴールをかくしておいて、十二時になったら鳴りだすように仕掛けておいたんですって」

金田一耕助はそれとなく等々力警部に眼くばせをする。等々力警部もかすかにうなずいた。

「しかし、なんだってまたそんな悪戯をしたんだろう」

「それは……つまり八百子さんに愛人でもあって、ひそかにそのひとを引っ張りこんでいたら、さぞびっくりするだろうというわけですわね。それと、もうひとつ、その時刻に寝室にいなければ、八百子さんオルゴールの鳴ったことに気がつかずにすむわけですわね。ところが、そのオルゴールといっしょに社長さんの手紙がおいてあって、その手紙を見ると同時にどこかへ電話をかけなければならないことになっているんです。社長さん、こうして八百子さんを試されたわけですわね。なんといっても社長さん、八百子さんだけには首ったけ、あたしどもはほんのつまみ食いというところですから……」

あや子は屈託のなさそうな声をあげて笑った。

「しかし、ナイトクラブのホステスが十二時に寝室にいるのはおかしいのじゃないかな」

「いいえ、ところがその時分ホールは改修中だったんです。つまり、そのお休みを利用して、社長さん、関西旅行をなすったわけですわね」

「しかし……」

と、金田一耕助は眉をひそめて、

「これはこんどの事件にゃべつに関係のないことなんだけれど、その晩、ナイトクラブでジャズかウェスタンの音が聞こえていたというんだが……」

「ああ、それはバンドのひとたちが練習してたんでしょう。ホールの改修ったって一部分でしたから」

「ああ、そう、いや、ありがとう」

これでオルゴールの謎も解け、彫亀が連れこまれたのが、神崎八百子の寝室であったらしいことが、いよいよハッキリしてきたわけである。

そこへ今波警部補が帰ってきて、

「谷口君、きみに電話だよ、東京から……」

「ああ、そう」

谷口健三が出ていくうしろ姿を見送って、

「今波君、前田浜子は……？」

「いや、あれっきり病院へもこないそうですよ。きたらこちらへ電話をするつもりだったと、一ノ瀬看護婦はいってるんですが……」

時間を見るともう八時になんなんとしている。

前田浜子という女、いったいどこへ消えてしまったのか。……いざとなって急に気おくれがして、そのまま東京へ引き返してしまったのであろうか……？

金田一耕助はまたどすぐろい不安が、雨雲のように腹の底に、ひろがってくるのをおさえることができなかった。

「主任さん、いかが？　電話室の構造は……？」

からかうような古川あや子のことばにたいして、今波警部補がなにか答えようとしたときである。

「たいへんだ！」

と、谷口健三が鉄砲玉のように飛びこんできて、

「社長が殺されているそうだ。赤坂のX・Y・Zの二階で……」

空の金庫

昭和二十九年七月下旬に起こった岩永久蔵氏殺害事件ほど、当時世間に大きなセンセーションをまきおこした事件はなかった。

それは単に新聞の社会面をにぎわせたのみならず、政界財界両方面へも大きなひろがりをもっていった。そしていままで埋もれていたスキャンダルのかずかずがいっせいに醜い露頭をみせはじめ、いまさらのように日本の政治経済面の弱点や腐敗ぶりを、まざまざと大衆の前にさらけだす端緒となった事件としても、重大な意味をもっていた。

しかし、ここではそういう大きな社会的な波紋にはしばらく眼をつむり、殺人事件としてだけ、この問題にふれていこう。

あとから思えば片瀬の海に浮かんだスペードの女王の首なし事件は、岩永久蔵殺しの前奏曲にすぎなかった。しかも、被害者が大物で、世間の反響が大きかったわりには、案外簡単にこの事件は解決したのである。

これは犯人があまり考えすぎると、かえっていろんな面でボロを出しやすいという、その典型的な事件であった。犯人は実際相当深く考えて、この犯罪の計画をたてていたのである。しかし、かれは非常に重大なミスを犯していた。女の虚栄心ということを見落としていたということである。

それはさておき、鎌倉から谷口健三の運転するマーキュリーのあとを追って、金田一耕助と等々力警部、高橋警部補の三人が、赤坂表町にあるナイトクラブ、X・Y・Zの裏口へ到着したのは七月二十五日の夜九時過ぎのことだった。

被害者が大物だけにこのナイトクラブの周囲は報道関係の連中で、ごったがえすような騒ぎを演じていた。その騒ぎのなかをくぐりぬけて、金田一耕助がわざと裏口へ自動車をつけさせたのは、彫亀の妻女からきいた彫亀のこの春の体験を、もう一度脳裏にくりかえしてみたいと思ったからである。

新宿御苑のそばからここまでは、まっすぐにくればどう踏んでも半時間とかかるはずはないのだが、それはもちろん彫亀の距離感を瞞着《まんちゃく》するために、わざとあちこち迂回《うかい》したためだろう。

彫亀は門を入ったようにいったそうだが、ここには門はない。しかし裏口の外は辛うじて自動車一台を通すせまい露地になっており、その露地の入り口を彫亀は門と思いあやまったのではあるまいか。

裏口の外に建物をくりぬいたようなかっこうで、りっぱなギャレージがある。ギャレージは大型の自動車を一台収容するくらいの広さをもっていて、八百子の愛用車マーキュリーはいつもここにおさまっていたのだ。岩永久蔵氏はここへ泊まっていくとき、いつも自分の自動車は田園調布のほうへ返していたそうである。

ちなみに岩永氏は運転手を雇っているが、神崎八百子は運転手を雇っておらず、どこへ行くにも自分で運転していたそうだ。

谷口健三がこのギャレージへ自動車をおさめるのを待って、一同は裏口からなかへ入っていった。この裏口はギャレージから少し離れたところにあり、彫亀が玄関はあまり広くなかったといったのも当然である。そこは玄関ではなく裏口にすぎないのだから。彫亀はここでジャズかウェスタンを聞いているのだが、いまはぴったりと鳴りをしずめている。

岩永久蔵氏の死体が発見されたのは、夜の七時ごろのことだそうである。そこで支配人はとりあえず今夜を休業ということにしたので、いまこの建物のなかにはナイトクラブの客はひとりもいなかったが、その代わりそれにかわる珍客、すなわち警察関係の面々や報道関係の連中が、おおぜいひしめきあっているのである。

裏口を入るとすぐ階段だが、なるほど彫亀がいったとおり、三人ならんで歩くには少しせますぎた。階段にはなんの敷物もなく殺風景なコンクリートづくりである。

階段をのぼりきるとやや広い廊下になっており、廊下の右側はブラインドの降りた窓がつづいている。その廊下を少し行くと真っ赤な絨毯《じゅうたん》を敷きつめた廊下につきあたった。

彫亀の妻女は廊下を曲がったようにいわなかったが、それは彫亀がいいおとしたのか、それとも妻女が聞きおとしたのだろう。

このX・Y・Zは階下がナイトクラブになっているばかりでなく、二階に賭博場《とばく》があるといううわさもあり、したがって廊下に敷きつめた絨毯《じゅうたん》なども豪勢をきわめていた。

その廊下の曲がり角から十歩ほど行った部屋が事件の現場らしく、ドアの前に警官がふたり立っており、部屋の内外にものものしい雰囲気が立ちこめていた。

「これ、岩永氏の部屋なの？」

その部屋の前に立ったとき、金田一耕助がふりかえると、谷口健三はとがりきった瞳《ひとみ》をすえて、

「いいえ、これは大将の部屋ではありません。大将の部屋はこの隣りで、ここは神崎さんの部屋なんです。もっとも奥の寝室はドアひとつでつながっているそうですが……」

ドアを入るとそこは神崎八百子個人の居間兼応接間になっていたらしく、それにふさわしい調度類がそなえつけてある。しかし、殺人現場はそこではなかった。問題の部屋はドアひとつ隔てたもうひとつ奥の部屋なのである。

谷口健三を廊下にのこして、金田一耕助と等々力警部、高橋警部補の三人が奥の部屋へ入っていくと、そこにひしめいていた捜査陣のなかから、中年の男が抜け出してきて、

「ああ、警部さん、さっき鎌倉のほうから署へ連絡があったのでお待ちしておりました。なんだかたいへんな事件らしいですね」

興奮に頬を紅潮させているのは、所轄赤坂署の捜査主任、井口警部補である。

等々力警部は金田一耕助を紹介して、

「金田一先生が重大な報告をもたらしてくだすったので、いま鎌倉まで行ってきたんだがね、どうもやっかいな事件になってきたね。ところで死体は……？」

「はあ、あのベッドのなかに……いま、医者の検屍《けんし》がおわったところです」

金田一耕助はすばやくあたりを見まわした。

そこは真っ赤な絨毯をしきつめた、天井の高いりっぱな洋間で、広さは十二畳じきくらい、その部屋の一隅《いちぐう》に四方にこれまた真っ赤な絨毯をたらした天蓋《てんがい》つきのベッドがあり、三面鏡に洋服ダンス、三面鏡の上の壁にヌードの絵がかかっているところまで、すべて彫亀の妻女の話と一致している。

岩永久蔵氏の死体はそのベッドのカーテンのなかによこたわっていた。派手な絹のパジャマを着て、大の字にふんぞりかえっているのだが、その首にはこれまた長い絹製の細紐《ほそひも》が、咽喉に食いいるように巻きついている。

新聞、雑誌、あるいはテレビなどでたびたびお眼にかかった顔である。年は五十前後だろう、額は少し禿《は》げあがっているが、短軀《たんく》ながらも豚のように肥満した体は、岩のように肉がかたくて、病的なまでの物質欲と肉欲を象徴しているようだ。

それにしても物すごいのはその顔で、満月のようにまんまるい顔がおそろしくねじれ、ゆがみ曲がっていて、目玉がいまにもとびだしそうである。くゎっとひらいた唇《くちびる》のあいだから、血に染まって黒ずんだ舌が半分のぞいており、鼻孔からも少し出血したらしく、鼻血がくろぐろと上唇にこびりついている。

「絞められて絶息するまでに、相当抵抗したんですね」

と、井口警部補が金田一耕助と等々力警部の耳もとでささやいた。

「それで医者はなんといってるの？　犯行の時間について……」

「だいたい一昨日……土曜日の夜の十二時から一時ごろまでの犯行だろうということになっています。十二時ごろまで階下のナイトクラブにいたそうですからね。まあ、正確なことは解剖の結果をみなければわからないとして……ときに、この男の妾《めかけ》が鎌倉のほうで首なし死体となってあらわれたんですって？」

と、井口警部補はさぐるように、金田一耕助と等々力警部を見くらべている。

「いや、それがまだハッキリしないんだ。果たしてこの男の妾かどうかね。ところできみはその妾というのに会ったことがあるかね。神崎八百子とかいったそうだが……」

「ええ、二度会ってますね。とにかくここ、以前からいろいろいかがわしいうわさのあるクラブでしょう。二度ほど業務上のことで会ってるんですが、すごいべっぴんでしたよ。以前はどこかのキャバレーでダンサーかなんかしていたそうですが、岩永が掘り出してきたんですね。岩永もその女にゃすごく惚《ほ》れてたらしく、いつも体じゅうに宝石を、ピカピカ光らせてましたよ」

宝石ときいて金田一耕助と等々力警部は、思わず三面鏡の上にかかっているヌードのほうをふりかえった。

金田一耕助が眼でうなずくと、等々力警部は三面鏡のそばへよって、二十号ばかりのその裸体画をとりはずした。と、果たしてその背後の壁紙の上に、コの字型の切れ目があった。この切れ目は壁紙の模様と非常にうまくマッチしていて、よほど気をつけて見なければわからなかった。

等々力警部はしばらく壁の上をあちこちと手でさぐっていたが、突然壁の一部分がピーンと左へはねかえって、その奥にくろぐろとした金庫のドアがひかっていた。

不思議そうに等々力警部の挙動を、見守っていた井口警部補はいうにおよばず、そこに居合わせた一同は、思わずぎょっと息をのみ、

「あっ、警部さん！　警部さんはどうしてこんなところに、かくし金庫があるのをご存じなんですか」

と、井口警部補も急いで三面鏡の前へ駆けつけてきた。

「いや、いや、わけはあとで話す」

と、警部は指紋に気をつけながらかくし金庫のドアをいじっていたが、すぐうしろをふりかえると、

「高橋君」

「はあ」

「きみ、本庁へ電話をかけて検査の川上技師にすぐ駆けつけるようにいってくれたまえ。金庫をひらく道具をもってくるようにってね」

科学検査所の川上技師というのは金庫のみならず、あらゆる種類の錠前の専門家である。

電話はベッドの枕《まくら》もとにある。高橋警部補がその電話で警視庁に連絡をとっているあ

いだに、等々力警部は井口警部補をふりかえった。

「だれがこの死体を発見したの？」

「ここのボーイなんです。いったいここはナイトクラブで住居ではありませんから、ふつうの意味の女中のようなものはいないんです。神崎八百子はかりにここを住居としていますが、まるでアパートで暮らしているようなもので、女中もおかず、用事があるとここのボーイに頼んでいたんですね。ところが土曜日の晩以来、岩永久蔵氏の姿が見えない。しかも片瀬のほうに、神崎八百子らしい死体があがったという報告が、秘書の谷口健三というのからあったのですか……？」

「ふむ、その谷口ならいまここへきている」

「ああ、そう、その谷口という男から田園調布の岩永の本宅、ならびにこちらへ報告がとどいたのがきのうだったそうです。そのときすぐに署のほうへ届け出てくれれば、あの死体ももっと発見がはやかったんでしょうが、なにしろ……」

と、井口警部補は眉をひそめて、

「いろいろいわくのある人物ですからね。できるだけ秘密裏に行くえを捜索しようとしていたらしいんですね。ところが今夕になっても行くえがわからない。ところが細君……細君は夏子といっていまここへきてますがね、その細君がたしかにここにいるはずだ、土曜日の夜の十二時ごろ本宅のほうへ電話をかけてきて、今夜は帰らないというので、いまどこにいるのかと聞いたら、赤坂の自分の部屋にいると答えたというのです。ところがその鍵《かぎ》がない。岩永も八百子も鍵はふたつとも自分でもっていて、だれも無断で部屋へ入れなかったそうです。そこで細君がこちらへ出向いてきて、自分が責任をもつからと、隣りの部屋のドアをふたつともこじあけさせてなかへ入ったんですね」

と、井口警部補は部屋を横ぎりドアを開くと、その隣りが岩永久蔵氏の寝室になっている。つまり岩永氏と八百子とは隣り同士に居間と寝室をもっているが、寝室だけは廊下へ出なくとも直接往復できるように、ドアでつながっているのである。

岩永氏の寝室も八百子のそれと似たりよったりのものだったが、こちらにあるベッドには天蓋《てんがい》がついておらず、寝室としてはばかに照明があかるいのが気になる。ベッドの上には脱ぎすてた岩永氏の洋服やワイシャツが、無造作に投げすててあり、ベッドの下にはピカピカ光る靴《くつ》がならんでいた。

「こうして衣類や靴がぬぎすてたままになっているので、やっぱりここにいるのだというので、ボーイがこころみに隣りの部屋の寝室をのぞくと、そこに岩永氏の死体があったというわけです」

「このドアに鍵は……？」

「ドアはしまっていたことはいたそうですが、鍵はかかっていなかったそうです」

「八百子のほうの部屋にはふたつとも、ドアに鍵がかかっていたのかね」

「はあ、かかっていました。われわれが駆けつけてから錠前屋に命じて開けさせたのです。だから鍵がかかっていなかったのは、このふたつの寝室をつなぐドアだけですね。

そうそう、ここにちょっとおもしろいものがありますよ」

と、井口警部補があけてみせたのは、部屋の一隅にあるドアである。金田一耕助はそれを押し入れかと思っていたし、また事実もとは押し入れだったのだろうが、井口警部補がドアを開いたところを見ると、そこは暗室に改造してあった。

「ほほう」

と、等々力警部は眼をまるくして、

「そうすると、岩永氏は写真道楽だったのかな」

「ところがおかしいんですね。ここに現像液から焼き付け、引き伸ばしの道具までそろっているんですが、奥さんの話によると、若いころはともかく、近年になってカメラをいじっているのを見たことがないというんですね」

「そうすると、奥さんはこの暗室を知らなかったのかね」

「この部屋へ入ったこともなかったそうです。表の居間までは二、三度きたことがあるそうですけれどね」

この暗室は外から見ただけではふつうの押し入れと変わりなく、したがってたとえこの部屋へ入ってきたところで、ドアを開けてみないかぎり暗室とは気がつかなかったろう。

「ところで、カメラは……？」

「いや、ところがそのカメラが見当たらないんです。さっきから探しているんですけれど……」

そのとき、さっきからこの部屋を調べていた刑事が、井口警部補に声をかけた。

「主任さん、主任さん、ちょっとおもしろいものが見つかりましたよ。これ、いったいなんでしょうねえ」

「須藤君、なにか……」

「はあ、あの洋酒戸棚《とだな》に秘密の引き出しがあることに気がついたんです。いま秘密の引き出しを探ってみると、こんなものが出てきたんですよ」

岩永氏の寝室には三面鏡の代わりに、洋酒の瓶《びん》のならんだ戸棚がある。その戸棚の小物を入れる引き出しの奥に、もうひとつ秘密の引き出しがあり、そこから須藤刑事がさがしだしたのは、あきらかに支那土産と思われる硬質ガラスの、丸いひらたいケースである。

このケースの表面には支那中世期の服装をした、男女の秘戯図が青と赤との色も鮮やかに、世にも精巧に浮きあがっている。この秘戯図は描いたものでもなく焼き付けたものでもなく、色ガラスの細片を組み合わせて、透明ガラスのなかにはめこんだもので、支那人独特の芸のこまかい細工であった。

「なんだい、これは……？」

井口警部補が手にとってみると、

「ふたを取ってごらんなさい。なかに丸薬が入ってますよ」

井口警部補がふたをとってみると、なるほどなかにはケシ粒ほどの小さな丸薬がぎっちりとつまっていた。

「警部さん、金田一先生、これなんの薬でしょうねえ」

「さあ……」

金田一耕助が首をかしげるそばから、須藤刑事が得意そうな顔色で、

「それ、きっと媚薬《びやく》ですぜ。こんな秘密の引き出しにかくしてあったところといい、またその入れものの図柄といいね。岩永のじいさん、そんな薬をのんじゃ若い娘にかたっぱしから手をつけていたんでさあ。ここのナイトクラブの娘、あらかたじいさんのお手付きだって話ですからね」

「いや、そんなことかもしれん。井口君、それ検査のほうへまわして分析してもらうんだね」

それから等々力警部と金田一耕助は、表の部屋へ出てみたが、そこはいかにもこのナイトクラブの主権者の部屋らしく、豪奢《ごうしゃ》な家具類で埋まっていたが、しかし、要するにそれは事務室兼応接間にすぎなかった。

一同がもとの八百子の寝室へ帰ってきたとき、死体引き取りの車とともに警視庁から川上技師が駆けつけてきた。

さすがに錠前の専門家だけあって、川上技官は十分ののち首尾よくかくし金庫のドアを開いたが、金庫のなかは空っぽだった。

古川あや子のことばによっても、井口警部補が会ったところでも、神崎八百子は相当の宝石類をもっていたはずである。おそらく彼女はその宝石類をこの金庫のなかにしまっていたにちがいないのだが、それではだれがその宝石類をもち出したのであろう。金庫のドアにこじあけた形跡がないところをみると、金庫の符号を知っているもののしわざにちがいない。と、すると、それはいよいよ神崎八百子自身らしく思われてくる。それではやっぱり片瀬の海に浮いていた死体は、八百子ではなく八百子の身替わりなのだろうか。

「警部さん、ほかになにか用事は……？」

「ああ、いや、御苦労さん……用事はそれだけ……えっ、金田一先生、なにか……？」

「はあ、川上さん、恐れいりますがもう少々お待ちねがえませんか。ひょっとするともうひとつ、あなたに開けていただかねばならぬものがあるかもしれませんから」

「金田一先生、ほかになにか……？」

「いや、警部さん、それはあとで申し上げましょう」

そこへ死体運搬のために、どやどやとおおぜい入ってきたので、等々力警部はそれ以上追究することはひかえなければならなかった。

金田一耕助の実験

岩永久蔵氏の死体がはこび出されたあとで、金田一耕助はふと思いついて、ベッドの枕もとにある電話を借りて緑ヶ丘荘へかけてみた。しかし、前田浜子と名乗る女からはその後なんの連絡もないという。

金田一耕助はなんとなくこみあげてくる不安をおさえることができなかった。しかし、前田浜子という女が何者なのか、金田一耕助には全然わかっていない。しかし、内股にスペードの女王の刺青のある首なし死体を、確かめにきたその女を、神崎八百子の友人たちが全然知らぬとすれば、その女……前田浜子という女はもうひとりの女……すなわち三月一日から二日の晩へかけて、神崎八百子と同じ刺青をされた女の身寄りのものではないか。

と、すると、その女が病院から極楽寺の別荘へ行く途中で消えてしまったというのには、なにか重大な意味があるのではないか。……と、金田一耕助の胸にはそれが大きな不安となってのしかかってくるのである。

それはさておき、電話をかけおわったあと、金田一耕助は等々力警部とともにあらためて、ベッドの周辺を調べにかかる。

ベッドの天蓋をささえる四本の柱は黒檀《こくたん》でできており、その柱の表面には支那趣味らしい装飾が、ゴテゴテといちめんに彫りつけてある。その柱のいたるところに銀灰色の粉末が光っているのは、指紋を検出するために鑑識課員がふりかけたのだろう。

「金田一先生」

と、井口警部補は興味ふかく金田一耕助の一挙一動を見守りながら、

「女の寝室で殺されたとはいえ、犯人はやっぱり男なんでしょうねえ」

「はあ、どうしてでしょうか」

と、金田一耕助は眼をショボショボさせている。相手が自分を試そうとしているのだということくらい、わからぬ金田一耕助ではない。

「だって、金田一先生、岩永久蔵じじいとはいえ、ああいう岩のような頑健《がんけん》な体をしている男です。それを女の細腕で絞め殺すというのは、容易なことじゃないと思うのですが……」

「井口君、それはあながちにはいえないだろう。岩永が眠っているところを襲えば、女の細腕でだってやれないことはあるまい」

「いや、ところが警部さん」

と、井口警部補はにやりと笑って、

「警部さんはなにもご存じないから、そうおっしゃるのもむりはありませんが、岩永は女とことをおこなった形跡がないんですよ。これは医者もハッキリいってます。もっともことをおこなったあと、バスを使ったというなら別ですが、バスを使った形跡もないんです。ベッドへ入る前についたと思われる体の他の部分の汚れが落ちていないところを見るとね。それにことをおこなったのちバスを使ってしまったとしたら、岩永はむこうのベッドへ行って寝ただろうと思うんですが、金田一先生、いかがでしょう」

「なるほど、これは井口さんがおっしゃるとおりでしょうねえ」

金田一耕助がにこにこしながら相槌を打ったので、井口警部補はふっと不安そうに眉をひそめて、さぐるように金田一耕助の顔を見ている。この若くて功名心にもえている警部補は、金田一耕助が反駁《はんばく》してくることを予期していたらしい。

「いや、金田一先生に御賛同をいただけて光栄です」

と、井口警部補はかるく頭をさげると、

「そうすると、男が……ことに岩永久蔵のような狒々《ひひ》おやじが、女のベッドへやってきて、こともおこなわないで寝てしまうというのはどうでしょうか。いや、もっとも……」

と、井口警部補は気がついたように、

「女にはかられ、あらかじめ女に睡眠剤でものまされていたとしたら話は別ですが、岩永の顔にあらわれていた表情は、熟睡中に絞殺されたとは思えないんですが……」

「睡眠剤をのまされていたかいなかったか、それは解剖の結果を見ればわかりましょう。しかし、ねえ、井口さん」

「はあ」

「岩永氏が眼覚めていたからといって、かならずしも犯人は男だとはいえないと思うのです。ときと場合によっては女の繊手《せんしゅ》よく大の男を絞殺しうると思うんですよ」

「ときと場合とおっしゃると……？　どういうときと場合です？」

と、井口警部補の語調にはちょっと挑戦するようなひびきがあった。

「いや、実はわたしもいま気がついたことなんですが、ほら、ここをちょっと見てください」

金田一耕助が指さしたのは天蓋《てんがい》をささえている四本の柱のうちの、枕もとの一本である。一同が顔をよせるとその柱の下から三分の一くらいの高さのところに、ごくこまかな傷がついている。傷はまだ新しかった。

「金田一先生、これがなにか……？」

「いや、ちょっと実験してみましょう。高橋さん、岩永氏を絞めた紐《ひも》をこちらへ貸してくださいませんか」

「はあ」

高橋警部補から絹の細紐を受け取ると、

「それじゃ、ぼくちょっとこの寝台へ入ります。そしてなかからカーテンをしめますから、警部さん、あなたぼくが合図をしたらカーテンを割って、上半身をなかへのぞけてください。岩永氏が女のベッドへ這《は》いこむときの気持ちでね。あんまりいい役じゃありませんが……あっはっは」

金田一耕助は咽喉の奥で笑ったが、ほかの連中はだれも笑わなかった。いったいもじゃもじゃ頭のこの男が、なにをやらかそうとするのかというような眼つきである。

金田一耕助は細紐をもってベッドのなかへもぐりこむと、うちがわからカーテンをぴったりしめてしまった。そして、しばらくなにかもぞもぞしていたが、やがて、

「警部さん、どうぞ」

と、なかから声がかかったので、等々力警部はカーテンを左右に割って、ヌーッと首をなかへ突っ込んだが、つぎの瞬間、

「ああっ！」

と、するどい叫びが警部の唇からもれるのにつづいて、

「井口さん、どうぞカーテンを開いてみてください」

井口警部補と高橋警部補が左右からさっとカーテンを開いてみると、紐の一端は枕もとの柱に結びつけてあり、他の一端は金田一耕助の手ににぎられている。そして、その中間の輪のなかに等々力警部が、もののみごとに首を突っ込んで、

「じょ、じょ、冗談じゃない、金田一先生」

と、その声はうれしそうに笑っている。

「なるほど」

と、高橋警部補は思わず大きく眼をみはって、

「紐の一端が固定してあるのだから、こうすれば女の力でもやすやすと大の男を絞殺できるわけですね」

金田一耕助は等々力警部が輪のなかから首を抜いたところで、五、六度力いっぱい紐を引っ張ったのち、柱にゆわえた紐の一端をときほどいた。と、そこにはさっき一同に示したのとそっくり同じ傷跡が、五センチほどの間隔をおいて印せられている。

「いや、わかりました。金田一先生」

と、井口警部補は思わず額に吹き出した汗を、手の甲でぬぐいながら、

「そうすると、犯人はやっぱり女ですか」

「いや、井口さん、わたしの御注意申し上げたかったのは、犯人はかならずしも男ではなくともよかったということです。しかし、男がいまの方法でやらなかったとはいえません。まあ、それは今後の捜査の問題ですね」

それから等々力警部は井口警部補と相談のうえ、夏子夫人に会うことになったが、そこで井口警部補は急に気がついたように、

「金田一先生、その前に一度ここの二階をごらんになりませんか。あなたのようなかたにはなにかと参考になると思います。警部さん、いかがです」

「ああ、そう、それじゃ見せてもらいましょう」

このX・Y・Zの二階こそ警察がだいぶん前から眼をつけながら、岩永氏の勢力を恐れて、いままで手をつけることもできなかった伏魔殿なのだが、そこにはルーレットからカードテーブル、ダイスなどとありとあらゆる賭博《とばく》の機関がそろっており、その部屋の豪奢《ごうしゃ》なことは眼をみはるばかりであった。

思うにこのX・Y・Zはナイトクラブとは世を忍ぶ仮の名で、その実は国際的な大賭博場だったらしい。

岩永氏の最期を契機としてこれらの事実が明るみに出たばかりか、そこへ出入りをし

ていたひとびとの名が、つぎからつぎへと芋蔓《いもづる》的に手繰《たぐ》りだされたとき、それはひとつの大きな社会問題となった。ことに賭博場のメンバーのなかに、各界知名の士が相当名前を見せていただけに、それからそれへとスキャンダルの波紋をひろげていったのである。だが、それらの問題にはここでは触れない。ここでは筆を殺人事件だけに限定することにしよう。

岩永久蔵氏夫人夏子というのは、いたって平凡な女であった。彼女は岩永氏が新聞記者をしていたころ結婚したもので、いわば糟糠《そうこう》の妻といったタイプの婦人であった。この夫人にとっては夫にかしずき、夫とのあいだにもうけた二児を養育することが、精いっぱいというところではなかったろうか。夫の浮気などもそれが男の甲斐性《かいしょう》なのだから、しかたがないとあきらめきって、それはそれなりになんとかうまくやっていこうというタイプの女であった。

だから彼女は夫の事業……ことに暗い面の仕事については全然なにも知っておらず、この事件についても参考になるようなことはなにひとつ聞けなかった。

彼女は土曜日の夜の十二時ごろ夫から電話がかかったことを申し立てた。そのときどこにいるのかときいたら、X・Y・Zの二階にいると答えたと付け加えた。

だから、谷口健三から夫の愛人の変死を聞き、しかも夫の居所がわからないと知ったとき、はげしい胸騒ぎをおぼえ、思いきって夫の部屋のドアを開けさせたのだという。

おそらくいままで岩永氏からただ盲従のみを強《し》いられてきた彼女としては、それは清水《きよみず》の舞台からでも飛び降りるような思いきった行動だったのではないか。

彼女はそこで岩永氏の最近のカメラ道楽について尋ねられたが、いままで全然知らなかったし、また岩永氏がどのようなカメラでなにを撮影していたのか見当もつかないと答えた。

金田一耕助は夏子夫人に谷口の前の秘書について尋ねてみたが、福田泰治という秘書はいま信州の高原療養所で療養中とのことだった。

夏子夫人につづいて呼び出されたのは、支配人の米川雅人《よねかわまさと》という男である。

米川雅人というのはもと軍人だったという。

戦争中中尉で南方にいたところへ、岩永氏が従軍記者として派遣されてきた。それ以来の縁だというが、いかにもこういうクラブの支配人らしい如才なさのなかに、ひと癖もふた癖もある面魂《つらだましい》をそなえた男である。

岩永氏の殺害事件からこのナイトクラブの秘密がすっかり暴露してしまったいま、かれはもう悪びれもしなかった。そして、かれはいうのである。

自分はここの支配人だから、この建物内部の機密についてはだいたい承知しているし、責任ももっている。しかし、あのふたつのフラット、すなわち岩永氏ならびに八百子の寝室と居間だけは自分の管轄外であった。いままで自分はあのふたつの寝室へ足を踏み入れたことは一度もなかったし、表の居間のほうだって岩永氏に呼びつけられない以上入ったことはない。したがってあのふたつのフラットのなかでなにが演じられ、なにが進行していたか、全然自分は関知しなかったと。……

岩永氏の敵について質問されたときもかれはこう答えている。

岩永氏が相当敵の多い人物であることは自分も知っている。しかし、自分は岩永氏の全事業に参画していたわけではなく、ただ単にこのクラブのマネジャーにすぎないのだから、どういう敵がいたか正確には知らない。ただ、このクラブに関するかぎり、岩永氏を殺害しようとまで憎んでいる敵があったとは思えない。

また、神崎八百子については、彼女に岩永氏以外の男があったかどうか知らない。もしあったとしたら非常に上手にかくしていたのであろうと。……

また、伊丹辰男という人物について質問を受けたとき、そういえばそういう人物がちょくちょく神崎八百子のところへきていたのを記憶しているが、それがどういう人物で、神崎八百子とどういう関係があるのか全然知らぬ。たぶん昔なじみの客だろうくらいに、ごく軽くしか考えていなかったと答えた。

また、三月一日と二日の晩のことについては、当時、この店は改修中であった。むろん自分は支配人として毎日監督にきていたが、おそくとも九時にはここを引き揚げたから、そのあとのことについてはいっさい知らない。……と、そう答えながら、なぜまた四ヵ月以上も前のことをきかれるのかと、不思議そうに眉《まゆ》をひそめたその顔色に、うそいつわりがありそうには思えなかった。

土曜日の晩、岩永氏がここへ泊まったことは、神崎氏が自動車を帰したことで知っていた。しかし、その後なんの音沙汰《さた》もないので、裏階段から帰っていったことだとばかり思っていた。いままでにもそういう例があったのだから。……だから、谷口から神崎八百子の変死について報告を受けたときも、まさかここで殺されていようとは夢にも思っていなかったと。

最後にかれもまた岩永氏の写真道楽については、全然知らなかったといっている。さっき警察のひとたちといっしょにあのドアを開いてみて、そこが暗室になっているのを見て、びっくりしたくらいである。云々……

この男がどこまで真実を述べているのかだれにもわからない。しかし、かれの申し立てによって、捜査が一歩も前進しなかったことだけは確かである。

さて、米川支配人のつぎには秘書の谷口健三が呼び出された。これは金田一耕助の要請によるもので、きき取りも主として金田一耕助が当たったのだが、その結果、世にも驚くべき事実が明るみへ出て、いまさらのように捜査陣を驚倒させると同時に、極度の緊張におとしいれたのである。

「谷口さん、もう一度土曜日のことをお尋ねしたいのですがねえ」

「はあ」

「あなた朝の十時ごろ田園調布の岩永家へ、岩永氏を迎えに行かれた。そのとき、神崎八百子さんに電話をすることを頼まれたんでしたね。今夜は行けないという……」

「はあ、それと同時に夕方自動車を鎌倉へもっていくことも……」

「しかし、自動車には鍵《かぎ》がかかっていたでしょう。鍵は……？」

「ああ、そうそう、申し忘れましたが、そのとき社長から鍵をわたされたんです。水曜日、鎌倉へ行ったとき、社長が八百子さんからあずかってこられたものです」

「そのときわたされた鍵はひとつでしたか。ギャレージの鍵や、トランクの鍵は……？」

「ギャレージは鍵がかかっていませんでした。トランクの鍵と申しますと……？」

「いや、自動車の後部についているトランクですよ」

「いいえ、ぼくはただ自動車を運転していくだけのことですから……」

「ああ、そう、それから京橋のオフィスへ出て、鎌倉へ電話をしたんですね。そしたら……？」

「そしたら自動車のことで念を押されたうえ、伊丹氏を同乗してくるようにと頼まれたのです。そうそうそのときもうひとつ頼まれました」

「もうひとつというのは……？」

「五時ごろ赤坂のほうへミネルバ……銀座の服飾店ですが……ミネルバから注文の品を届けてくるはずだから、それを受け取ってマネジャーの米川さんにあずけておいてほしいって……」

「ああ、そう、それから……？」

「それからまもなく伊丹氏から電話があったわけです。どちらへ出向いて行ったらいいかって。それで車は赤坂のほうにあるからそちらへきてほしいっていったんです」

「そしたら、四時ごろ伊丹氏がここへきたんですね。きみのほうが早かったんですか」

「いいえ、ぼくがきたら伊丹氏のほうが先にきて待っていたんです。ところがぼくは五時まで、ミネルバからの使いを待たなければなりません。それをいうと、じゃ自分もそれまで用足しをしてこようとどこかへ出かけていったんです。ミネルバの使いは四時半ごろきました。そこで届いた品を米川さんにあずけて待っていると、五時ごろ伊丹氏がやってきたので出発したんです」

「古川あや子さんが同乗したのは……？」

「ああ、そうそう、古川君は社長といっしょに行く約束になっていたんだそうです。だから社長が行かないからってあたしは行くんだからって、強引《ごういん》に自動車に乗りこんできたんです。ぼくもまさかつまみ出すわけにもいかないので、そのまま乗っけていったんです」

「ああ、そう」

と、金田一耕助はそこでにっこり笑うと、

「それじゃ、谷口君、きみにひとつお願いがあるんですがね」

「はあ、どういうことでしょうか」

「念のためにあのマーキュリーのトランクを開いて、なかを見せていただきたいんですが……」

いままで不思議そうに、金田一耕助と谷口秘書の一問一答を聞いていた等々力警部や井口警部補、さては高橋警部補の三人は、はっとしたように金田一耕助の顔を見直した。

谷口健三も眼をまるくして、あらためて金田一耕助の顔を見直すと、

「ええ、しかし、ぼく、トランクの鍵をもっておりませんよ。あのトランク、たぶん鍵がかかっていると思うんですが……」

「いや、それは大丈夫です。あちらに錠前の専門家が待っていらっしゃるから」

谷口健三はまた金田一耕助の顔を見すえていたが、やがて肩をすくめると、

「ええ、どうぞ。どうせ錠前をつっきこわしたところで、持ち主は死んでるんだから怒られる心配はありませんからね」

「金田一先生」

と、等々力警部はかみつきそうな顔色で、

「あなたトランクになにかご不審でも……？」

「いや、いや、ただぼくの気休めですよ。見せてもらってなにもなかったところでもともとですからね」

ギャレージのドアは観音開きになるトタン張りで、まだ左右に開いたままになっていた。マーキュリーは頭のほうから突っ込んだままになっているので、後尾トランクは入り口のほうにむかっている。

川上技師がその錠前にとっくんでいるあいだ、一同はかたずをのんでその手元をながめていたが、やがてガチャリと錠前のはずれる音がして、トランクのふたが開かれた刹

那、一同の唇から思わず驚きの声がほとばしった。
トランクのなかには女の死体がつまっていた。

車庫の中で

あとで金田一耕助が告白したところによると、かれもまさかこのトランクから、現実に死体がとびだそうなどとは、夢にも思っていなかったそうである。かれがこのトランクに興味をもったのは、もっと別の理由によるものだった。

それだけにトランクのなかに押しこめられている、女の体をそこに見たときの金田一耕助の驚きは大きかった。かれは啞然《あぜん》としてしばらく口を利くこともできなかった。

このトランクを開くことを提案した金田一耕助にしてからがそうなのだから、ほかの連中の驚きはおして知るべしである。

一同はしばらく茫然《ぼうぜん》として、トランクのなかに横たわっている女の派手なブラウスと、短くカットした髪を見つめていたが、突然高橋警部補が猿臂《えんぴ》をのばして谷口健三の腕をつかんだ。

「谷口君、これはいったいどうしたんだ。きみの運転してきた車のなかに、どうしてこんな死体が積んであるんだ」

「知りません！　ぼくはなんにも知りません！」

谷口は酸素の欠乏した金魚のように、口をパクパクさせながら、

「いつのまにだれがこんなものを……だいいちぼくはこのトランクの鍵をもっていないんです。それに……それにこの女はいったいだれなんです」

言下に須藤刑事ともうひとりが、トランクのなかから女の体を抱き起こした。

女はあきらかに絞殺されたとみえて、咽喉《のど》のまわりになまなましい紐の跡がついている。口と鼻から出血していて、おそろしくねじれてゆがんだその顔が、ギャレージのなかのほの暗い、裸電球の下でものすごい。年齢は二十四、五か、六、七というところだろうが、べつにこれといって取り立てた器量でもなく、また服装などからみても、平凡なサラリーガールといったタイプである。

「知らない、ぼくはそんな女知りません。一度も見たことのない女です。ぼくは……ぼくは……」

左右から刑事に両腕をとられたまま、谷口健三は気ちがいのようにわめき立てている。女の恐ろしい死に顔を見つめる眼球が、いまにも飛び出しそうなほどふくれあがって血走っている。

「金田一先生」

と、等々力警部が金田一耕助の耳もとでささやいた。

「これ、ひょっとするときょう鎌倉の病院へやってきた前田浜子という娘じゃありませんか」

すね」

「ぼくもそうだと思います。さっそく一ノ瀬看護婦にきてもらって鑑定してもらうんで
「しかし、金田一先生、あなたどうしてここに死体があることを……？」

「とんでもない。ぼくだって千里眼じゃありませんし、前田浜子が殺されていようなどとは、夢にも思っていなかったんですからね」

「しかし、それじゃどうしてこのトランクに……？」

「ああ、それについては谷口君と話をさせてください。谷口君」

「はあ」

谷口健三はまだ刑事に両手をとられたまま、凶暴な眼を光らせている。いまこの男にちょっとした刺激をあたえれば、おそらくかれは柔道三段の腕を発揮して、手負い猪《じし》のようにあばれまわることだろう。

「さっききみは土曜日の夕方ここから車を引き出すとき、このギャレージに鍵がかかっていなかったようにいってたね」

「はあ。ほんとに鍵はかかっていなかったんです」

「しかし、ふだんは鍵がかかっているんだろう」

「はあ、それはもちろん」

「その鍵はだれがもっているの」

「それはもちろん神崎八百子さんです」

「鍵というものはたいていふたつあるものだが、ほかにだれか……？」

「さあ。……おそらく鍵をもっていたのは神崎さんだけでしょう。神崎さんは運転手を雇っていなかったし、社長がまさかギャレージの鍵などを……」

「ああ、そう、そうすると水曜日に神崎君は自分でこのマーキュリーを運転してやってきて、その日、岩永氏の自動車に便乗して鎌倉へ帰るとき、このギャレージの鍵をかけずに行ったということになるが、それはどういうわけだろう」

「それゃ……おおかた、鍵をかけ忘れて行ったんでしょう」

「だけど、このドアは……？　開いたままになっていたの」

「いえ、それはちゃんと閉まっていました。だから土曜日の朝社長からいわれるまでは、ぼくもこのドア、ちゃんと鍵がかかっているんだとばかり思っていたんです」

「そうすると神崎君はこのドアに、鍵をかけ忘れていたということをおぼえていたんだね」

「それゃそうでしょう。だから社長に鍵をわたさなかったんです」

「なるほど、そうするとだれかがこのギャレージへ、こっそり入ろうと思えば入れたわけだね。ここはあの裏口からはだいぶん奥まっているし、この裏の露地、あんまり人通りもなさそうだから」

「はあ、それゃ……そういえばそうですが、しかし、それがなにか……？」

奥歯にもののはさまったような金田一耕助の質問に、谷口はいよいよ落ち着きをうしなって、ひどく不安そうである。かれにはまだ金田一耕助の質問の意味がよくのみこめないのだ。

いや、金田一耕助の質問の意味がのみこめないのは、谷口健三ばかりではない。そこに居合わせた一同も、金田一耕助がなにをいおうとしているのか、その真意を計りかねて手に汗握って、ふたりの顔を見くらべているのだ。

「いえね、谷口君、ぼくが聞きたいのは土曜日の夕方、きみたちがここから出発する前に、だれかこのギャレージの周囲を、うろついていたものはなかったかということなんだが……」

谷口健三はぼんやりと金田一耕助のもじゃもじゃ頭に眼をやって、

「いいえ、気がつきませんでした。べつに……」

と、いいかけてから、はっとしたようにあらためて相手の顔を見直すと、

「金田一先生、そういえばこのギャレージのなかにいたものがありましたよ」

「だれ……？　それは……？」

「伊丹辰男氏です」

等々力警部をはじめとして、そこに居合わせた連中は、思わずはっと金田一耕助の顔を見直した。金田一耕助の質問の真意はまだハッキリわからないながらも、かれの知りたかったのは、それではないかという気がしたのだ。

果たして金田一耕助は一瞬口笛でも吹きそうに口をつぼめたが、あたりの視線に気が

ついてそれをやめると、にっこりと皓《しろ》い歯を出して笑いながら、

「谷口君、きみはなぜそれを最初からいわなかったの」

「だって、……そのことが……なにか重要なことなんですか」

「伊丹氏が姿をかくしている以上はね。まあ、それはともかく伊丹氏はここでなにをしていたんだね」

「それはこうです。古川君……古川あや子君がいっしょに乗っけて行けってきかないでしょう。それで乗っけて行くか行かないか、押し問答をしながら、とにかく自動車を出しておこうと裏から出てきたら、ギャレージのなかに伊丹氏がいたんです。伊丹氏はさすがにいい車だねえなどといってましたから、ぼくもべつに気にも止めなかったんです」

「そのとき、車はどちらをむいてましたか。いまみたいに頭をギャレージのなかへ突っ込んで……？」

「いいえ、すぐ出発できるように入り口のほうに頭がむいてたのです」

「それじゃ、最後にもうひとつ、伊丹氏は古川君が同行することを知ってたようでしたか」

「いいえ、それはもちろん知らなかったようです。そうそう、そういえば古川君がいっしょだと聞いて、ちょっといやな顔をしていました」

「ああ、そう、いや、ありがとう。それじゃ、谷口君、すまないが自動車をギャレージの外へ出してもらいたいんだが……」

谷口健三はさぐるように金田一耕助の顔を見ていたが、

「ああ、そう、承知しました」

と、井口警部補がうなずいて、谷口健三の手をとると、

「ぼくといっしょにきたまえ」

と、ギャレージのなかへ入っていった。

やがて、自動車が外へ出ると、一同の眼を強くひいたのは、ギャレージのいちばん奥まったあたりの床についている、ひとかたまりの黒い汚点である。

「金田一先生」

と、等々力警部は呼吸をのみ、

「あなたのおっしゃるのはあの汚点のことですか」

「はあ、さっき谷口君が自動車を入れるとき気がついたんですが……ひょっとするとガソリンの汚点かもしれないんですが……」

等々力警部がまずいちばんに、ギャレージのなかへとびこんだ。そのあとから金田一耕助と高橋警部補がつづいた。井口警部補も自動車からとびおりると、谷口健三を須藤刑事にわたしておいて、川上技師とともに入ってきた。

コンクリートの床にしみついている、ひとかたまりの黒い汚点はガソリンではなかった。あきらかに血のようであった。そういえばギャレージの奥の壁にも、血の飛沫《しぶき》らしい汚点がとんでいた。

「金田一先生」

と、等々力警部はいまにも咬《か》みつきそうなまなざしで、するどく金田一耕助を見すえながら、

「それじゃ、殺人はここで演じられたというんですか」

「そして……そして……」

と、高橋警部補も呼吸をはずませ、

「死体をあの自動車のトランクにつめて、片瀬へもっていったとおっしゃるんですね」

「いや、いや、ぼくはまだなんとも断定しておりませんよ。それより、とにかくそのトランクのなかを調べてごらんになるんですな。出血している死体をはこんだとしたら、どんなに手際よくことを運んだとしても、なにか痕跡《こんせき》がのこっているはずだと思うんです」

金田一耕助のものうげな声が裸電球に照らされた、殺風景なギャレージのなかに妙にうつろにひびきわたった。

深夜の闘い

この凶暴な三重殺人事件ほど、当時世間を驚倒させた事件はなかった。この凶悪無類の犯人は、土曜日から月曜日へかけて、まるで虫けらを殺すように三人の男女を片づけているのだ。

いや、三人の男女を片づけたのみならず、そのうちのひとりの死体を、東京から鎌倉へはこんだかと思うと、こんどは逆にもうひとりの死体を、鎌倉から東京へはこんでいる。そして、そのふたつの死体を運んだのは、ともに谷口健三なのだ。

それはさておき、自動車の後尾トランクから、女の絞殺死体が発見されると、その夜のうちに鎌倉のK・K病院へ長距離電話がかけられて、一ノ瀬看護婦の上京が要請された。それと同時にギャレージの床の汚点や、自動車のトランクのなかが綿密に調査されたが、その結果、ギャレージのなかで殺人が演じられたらしいこと、またその死体がビニールかなにかにつつまれて、トランクのなかにつめこまれていたらしいことがほぼ確実となってきた。

だから、あの首なし死体が神崎八百子であれ、また身替わりの替え玉であれ、土曜日の午後東京で殺害されたあげく、自動車で鎌倉まで運ばれたうえ、首を斬り落とされたのち海のなかへ投げ込まれたということになるらしい。

上京してきた一ノ瀬看護婦は、トランクのなかから出てきた死体をひと目見ると、言下に前田浜子と名乗って病院へたずねてきた女にちがいないと断言した。

しかし、その前田浜子というのはいったい何者なのか。金田一耕助のところへも同じ名前で電話をかけてきたところをみると、おそらくそれが本名なのだろうが、それがどういう女なのか、身元は全然わからなかった。身元のわかるような品をいっさい身につけていなかったところをみると、おそらく犯人が剝奪《はくだつ》していったのだろう。

ただ、この女についてわかっていることは、極楽寺の岩永氏の別荘へ行くといって、K・K病院を出ていることである。しかも、彼女は岩永氏や神崎八百子の名前を知っていたらしいという。

こうなると、当然、疑惑の眼はその日岩永別荘にたむろしていた六人の男女にむけられる。ことに死体運搬人となった谷口健三が、ふかい疑惑の影につつまれたのは当然だった。

かれはトランクの鍵をもっていなかったといっている。事実岩永夫人の証言によると、夫人の前で谷口が岩永氏から受けとった鍵はただひとつだったそうである。しかし、かれはその前から、トランクの鍵をもっていたかもしれない。

いや、いや、あの首なし死体が真実八百子で、谷口が犯人だったとしたら、八百子を殺したのち鍵を奪うことだってできるのだ。ギャレージの鍵についても同じことがいえるだろう。

それにもかかわらず谷口健三が逮捕されたり、拘留されたりせずにすんだのは、かれがラッキーにめぐまれていたからである。ラッキーの第一は古川あや子の存在だった。あの日、古川あや子が強引にあの自動車に割りこんでこなかったら、伊丹辰男なる人物が、同じ自動車で鎌倉までおもむいたということは、谷口健三のつくりごとだと思われたかもしれなかった。古川あや子以外にはだれもそういう男が谷口の自動車に、乗っていたことを認めたものはなかったのだから。

そして、そこが伊丹辰男と名乗った人物のつけめなのかもしれなかった。谷口健三に死体をはこばせて、かれに罪をおっかぶせようという。……もし、そうだったとしたら、谷口健三の申し立てにもあったように、古川あや子が強引に割りこんできたとき、伊丹辰男がいやな顔をしたというのもむりはない。

それにしても伊丹辰男とはいったい何者なのか。X・Y・Zの支配人、米川雅人をはじめとしてほかのホステスの二、三も、そういう男が八百子といっしょにいるのを見たことがあるといっている。なかのひとりは八百子から聞いたといって、はっきりその男を外車専門のブローカーらしいといっている。しかし、だれもその男がどこに住んでいるのか、また、八百子とどういう知り合いなのか知っているものはいなかった。

谷口健三にとってもうひとつラッキーだったのは、前田浜子殺しについてアリバイがあったことであろう。

前田浜子がK・K病院を出たころから、金田一耕助たちがやってきた時刻まで、岩永家の別荘では六人の男女がいつもいっしょにかたまっていた。

そのことについては古屋恭助や中田三四郎、また三人の女たちも口をそろえていっている。

「なにしろわれわれの身辺で変な事件が起こったんです。事故か溺死ならまだしものこと、警察のほうで他殺の疑いをもっているらしいとすれば、われわれも警戒しなければなりませんからね。いつどういう羽目から疑いを受けないとも限りませんし、それにまた、ひょっとすると自分たちのなかに犯人がいるかもしれぬと思うと、みんなしぜんと用心ぶかくもなりますよ。ええ、だから、あの日の午後谷口君はいつもわれわれといっしょにいました。あのひとが人間一匹絞め殺して、自動車のトランクへつめこみ、知らぬ顔の半兵衛をきめこんでたなんて……だいいち、そんなひまは全然ありませんでしたよ」

それにしても、前田浜子はいったいどこで、あのような奇禍に会ったのだろう。

だいたい極楽寺でも岩永家の別荘のあるあたりは、とくにさびしい場所である。ことにその背後はすぐ裏山につづいており、あまり大きな木はないにしても、かなり密生した林がひろがっている。

しかも、ギャレージは別荘の背後にあるので、前田浜子はその裏山で絞め殺されたのち、夜に入るのを待って自動車のトランクにつめこまれたのだろうが、その時刻はひょっとすると、金田一耕助や等々力警部、今波、高橋の両警部補が、表のホールにつめかけていた時分ではないかといわれ、いまさらのように犯人の大胆さが、捜査当局に舌をまかせた。

ちなみに岩永別荘にいた五人の男女も月曜日の夜おそく、一ノ瀬看護婦と前後して東京へ呼びもどされ、前田浜子の死体を見せられたが、だれも彼女を知っているというものはいなかった。

もうひとつ、谷口健三にとってラッキーだったのは、岩永久蔵氏殺しについても、かれはアリバイをもっていた。

岩永氏が殺害されたのは土曜日の夜……と、いうよりは日曜日の午前零時から一時までのあいだということになっているが、その時刻には谷口健三は極楽寺の別荘で、古屋恭助や中田三四郎、それから古川あや子の三人を相手に、マージャンをやっていたという。このマージャンは夜明けの三時ごろまでつづいたというから、ここでかれは完全に容疑者の圏外へ去ったことになった。

さて、その夜、金田一耕助が緑ヶ丘町の緑ヶ丘荘へ帰ってきたのは、真夜中の一時を過ぎていたが、管理人の山崎さんがまだ起きていて、金田一耕助を玄関へ出迎えると妙なことをいった。

「金田一先生、前田浜子という女からまだ手紙はとどいておりませんが……」

「えっ?」

と、金田一耕助はびっくりしたように山崎さんの顔を見て、

「山崎さん、それ、どういう意味ですか」

「どういう意味って……?」

と、こんどは山崎さんのほうが眼をまるくして、

「だって、きょう夕方先生からそのことについて、電話のお問い合わせがあったということですが……」

「夕方……? いや、ぼくがこちらへ電話をしたのは九時過ぎ……もうそろそろ十時ごろでしたよ」

「ええ、そうそう、そのときはわたしが電話に出ましたね。ところがその前にもう一度お電話をくだすったんじゃありませんか」

「わたしが……？　いいえ、知りませんよ。なにか前田浜子の手紙のことについてですか」

金田一耕助ははげしい胸騒ぎをおさえることができなかった。管理人の山崎さんはいよいよ眼をまるくして、

「それじゃ、先生じゃなかったんですか。だれかが先生の名前をかたったので……？」

「山崎さん」

と、金田一耕助はきびしく顔をひきしめて、

「そういうこともなきにしもあらずです。で、いったいなんといったんですか。わたしの名前をかたった人物は……？」

「いいえ、そのときゃわたしが電話へ出たんじゃなかったんです。家内が出たので、わたしはさっき先生とお電話でお話ししたとき、その前にそんな電話がかかってたってこと知らなかったんです。とにかく家内を起こして尋ねてみましょう」

子供を寝かしつけていた山崎さんの奥さんのよし江さんが、寝ぼけ眼《まなこ》をこすりながら起き出してきて話すところによると、その電話がかかってきたのは、八時ごろだったそうである。

「こちらは金田一耕助先生の代理のものだが……と、いってました。低い、ボソボソとした妙に聞きとりにくい声だったんですけれど、それじゃ、あれ、わざと作り声をして

いたんでしょうねえ」

と、よし江さんはおびえたような眼つきになる。

「それで、その声、なんといったんです？」

「金田一先生のところへ前田浜子という女から、手紙がきていないかというんです。それであたしが前田浜子さんってけさ先生のところへ、お電話をくだすったかたですねと念を押したら、そうだと答えたんです。それで、金田一先生のところへは、きょうはどこからもお手紙はきておりませんと申し上げたら、そうかといってそのまま電話を切ってしまったんですけれど……」

金田一耕助は玄関に立ったまま茫然たる眼をしていたが、管理人夫婦のおびえたような視線に気がつくと、

「ああ、そう、いや、ありがとうございました。それじゃ、山崎さん」

「はあ」

「すみませんが、ぼく、部屋へ帰って電話をかけますから、外線へつないでおいてくださいませんか」

「はあ、承知しました」

部屋へ帰ると金田一耕助は緑ケ丘署へ電話をかけた。さいわいなにか事件があったとみえて、緑ケ丘署の捜査主任島田警部補が居合わせた。島田警部補とは「毒の矢」や「黒い翼」の事件以来昵懇《じっこん》の間柄である。

金田一耕助が簡単に事情を述べて、自分のところへ配達されるはずの手紙をねらっているらしいものがあること、また、そいつは非常に凶暴なやつらしいから、郵便局のほうを警戒するようにと依頼すると、島田警部補も驚いて、さっそく手配をすると引き受けてくれたが、あとから思えばこの用心が役に立ったのである。

金田一耕助はそのあとでふと思いついて、小石川の関口台町にある等々力警部の宅へ電話をかけてみた。警部はちょうどいま風呂《ふろ》からあがって寝床へ入ろうとするところだったが、これまた金田一耕助の電話をきくとひどく驚いて、

「そうすると、金田一先生、前田浜子は殺害される前に、先生のところへ手紙を書いたんですね」

「どうもそうらしいんですね」

「しかも、犯人はそのことを知ってるんですね」

「そうらしいんですね。こちらへ電話をかけてきたところをみると……」

「手紙がすでに配達されていたら犯人はどうするつもりだったんでしょう」

「ぼくの名前をかたって横どりでもするつもりじゃなかったでしょうかねえ」

「金田一先生！」

と、等々力警部は電話のむこうで少し呼吸をはずませて、

「わたしこれからそちらへお伺いしましょう」

これには金田一耕助も驚いて、

「どうしてですか、警部さん、そんな必要はありませんよ。ぼくはただ前田浜子の手紙によって、なにか新しい事実が知れるかもしれないということを、警部さんのお耳に入れておきたかっただけのことです。それにこちらの郵便局のことは、島田さん……ご存じでしょう。島田警部補……あのひとにいま電話でたのんでおきましたから、どうぞ御心配なく……」

「いや、いや、あなたはやっぱりそのとおり警戒していらっしゃる。相手はあのとおり凶暴なやつです。白昼前田浜子を殺《や》ったようなやつですからね。前田浜子の手紙を手に入れるためには、なにをやらかすか知れたものじゃありません。とにかく、わたしはこれからすぐにお伺いいたします」

「いらしたところで、警部さん、寝るところもありませんぜ」

「けっこうですとも。用心棒が寝込んじゃたいへんですからね。とにかく、これからすぐに駆けつけますが、それまであなた、ドアにしっかり鍵をかけて、だれも部屋のなかへ入れないようにしてくださいよ」

「あっはっは、警部さん、いやにおどかしますね」

冗談にまぎらせているものの金田一耕助は等々力警部の友情に、ぐっと胸に迫るものを感じずにはいられなかった。

「じゃ、とにかくあなたの好きなようにしてください。ぼくはグースカ、グースカ寝てしまいますから」

「ええ、いいですとも。とにかくわたしとしても一刻もはやく、前田浜子という女の手紙を見たいですからね」

ああ、それもあったかと金田一耕助はうなずいて、

「ああ、そう、それじゃお待ちしております」

と、電話を切って時計をみると一時半。関口台町からここまでどんなに自動車を急がせても、一時間はかかるだろうと、金田一耕助は湯殿へ行ってガスに火をつけた。

風呂がわくまで本でも読んでいようと、書斎兼応接室兼居間の安楽椅子《いす》にふんぞりかえって、膝《ひざ》の上で雑誌のページをペラペラめくっていると、二時ごろになってにわかに犬が吠《ほ》えはじめた。

等々力警部におどかされたせいでもないが、金田一耕助はいくらか神経質になっている。雑誌をおいて立ちあがるとそっと窓のそばへよって、ブラインドのすきから外をのぞいた。

前にもいったように金田一耕助のフラットは、緑ケ丘荘の二階正面にあって、応接室の窓から外をのぞくと緑ケ丘荘の門が眼の下に見える。門はいつも開けっぱなしになっていて、大谷石の門柱のひとつには終夜門灯がついている。その門灯の上に楓《かえで》の木がおいかぶさっていた。

金田一耕助はブラインドに影がうつらぬように用心しながら、呼吸をつめてその門柱のあたりを見つめていたが、見たところ、べつに変わったこともない。門灯の光で門の

あたりは明るいのだが、ただ気になるのは門柱におおいかぶさった楓の茂みが、濃い影をつくっていることと、やけに吠え立てる犬の声である。

その犬は道ひとつへだてた隣家に飼われているものだが、その吠えかたからして近まわりにだれかが忍んでいるとしか思えない。金田一耕助は窓のそばに立ちつくしたまま、腋《わき》の下から冷たい汗が流れるのをおぼえた。

だれかが楓の茂みの暗闇《くらやみ》のなかにうずくまって、この窓の灯をうかがっている！　妄想《もうそう》ではない。金田一耕助の本能がハッキリそれを指摘しているのだ。むこうでもまた自分がこの窓辺に立って、外をうかがっているのを知っているのではないか。……それを感じると金田一耕助は、全身に総毛立つのをおぼえずにはいられなかった。

一瞬……二瞬……

金田一耕助は暗闇のなかにうごめくそのものと、見えざる視線をまじえていた。それは息のつまるような、そしてまた火花の散るような、眼に見えぬ視線と視線の闘いだった。

突然、金田一耕助の背後にあたって、けたたましく電話のベルが鳴りだした。場合が場合だけに金田一耕助は、ギョクンと体をふるわせると同時に、またほっと救われたような気持ちにもなった。山崎さんは電話を外線につなぎっぱなしで寝てしまったらしい。

受話器をとりあげると島田警部補からだった。

「金田一先生！」

と、電話のむこうで警部補が呼吸をはずませて、

「そちらになにも変わったことはありませんか」

「島田さん、ど、どうかしたんですか」

金田一耕助は落ち着こうとつとめたが、思わず声がうわずるのをどうすることもできなかった。

「いえね、じつはいま郵便局へ押し入ろうとしたものがあったんです」

金田一耕助は無言のままひかえていた。すぐにことばが出なかったのだ。

「さいわい、先生の御注意によって私服をひとり張り込ませておいたので、被害のほうはまぬがれましたが、犯人は逃がしてしまいました。ピストルをぶっぱなしてきたもんですからね」

「ピストルをもっているんですか」

金田一耕助の声は思わずふるえた。

赤坂のナイトクラブのギャレージの壁に、飛び散っていた血の飛沫を思い出したからである。あれはすぐ近くからピストルで、狙撃《そげき》されたときの血の飛沫ではなかったか。

「そうです、そうです。それでいま緑ケ丘全体に非常線を張るように手配したばかりなんですが、ひょっとするとそちらのほうになにか変わったことがありはしないかと思って……」

「そういえば、島田さん」

と、金田一耕助もようやく落ち着きをとりもどしてきて、

「このアパートの付近にもだれかひそんでいるらしいんですよ」

「えっ？」

「いや、ぼくはさっきからそいつとにらめっこしていたんですが、たぶんそいつもこの電話のベルを聞いて、あきらめて立ち去ったことと思いますがね。犬の吠えかたがちがってきましたから」

「金田一先生！」

と、島田警部補は大きく呼吸をはずませて、

「それじゃ、わたしこれからすぐにそちらへ行きます」

「あなたいまどちらに……？」

「郵便局にいるんです。ああ、そうそう、金田一先生、あなたの待っていらっしゃる手紙の差出人は、たしか前田浜子といいましたね」

「ええ、そう、そこにありますか」

「あります。それじゃこれをもってすぐそちらへ伺います」

「じゃ、そうしてください。等々力警部もいまこちらへくることになってますから」

「警部さんが……？」

と、島田警部補は呼吸をはずませ、

「それじゃ、よほどの大事件なんですな」

「ええ、まあね、犯人は非常に凶暴なやつのようです。ああ、そうそう、それで郵便局

のほう、だれも怪我《けが》人は……？」

「いや、さいわいそれはありませんでした。先生の御注意によってあらかじめ警戒してたもんですから」

「ああ、そう、それはけっこうでした。じゃ、お待ちしております」

　この電話の途中から自動車の音が、遠くのほうから近づいてくるのが聞こえていたが、金田一耕助が受話器をおいたとたん、緑ケ丘荘の表へきてとまった。時計を見ると二時十五分。

「あっはっは、警部さん、スピード違反だな」

　玄関へ出てみると果たしてそれは等々力警部だった。等々力警部は金田一耕助の顔をひと目見るなり、

「金田一先生！」

　と、まるで咬《か》みつきそうな調子で、

「なにかあったんですか。非常線が張られているようだが……」

「警部さん、少し到着がおそかったようですね」

「おそかったとは……？」

「ちょっとこっちへきてください。だけど気をつけてくださいよ、相手はピストルをもってるそうですからね」

「ピストル……？」

と、等々力警部は顔色かえて腰のピストルに手をやった。

金田一耕助が懐中電灯を照らしながら、門のすぐ内がわに大きく枝をひろげている、楓の老樹の根元まで行くと隣家の犬がはげしく吠え立てた。

「ほら、ここに足跡がある。……」

「金田一先生！」

金田一耕助はかるく首を左右にふって舌打ちをすると、

「あいにくの干天つづきでこれじゃ型はとれませんね」

しかも、門の外はすぐアスファルトの舗装道路だから、足跡の採集はますます困難である。等々力警部は呼吸もきれぎれに、

「金田一先生……だれか……やって……きたんですか」

と、あえぐように咽喉《のど》から声をしぼりだした。

「ええ、ここに……この楓の木の下にだれかがいたんです。さいわい隣家の犬が吠えてくれたのでぼくも気がついたんですがね。そして、あの窓と……」

と、金田一耕助はあかあかと灯のついている二階の窓を指さすと、

「ことでにらめっこをしているところへ、島田さんからお電話がかかったというわけです。ああ、あそこへ島田さんがいらした」

島田警部補は金田一耕助から話を聞くと、すぐ改めて手配をしたが、由来高級住宅地になっているこの緑ケ丘は、どの屋敷も敷地がひろく、しかも邸内に樹木が多いのでこ

ういう捜査の非常に困難なところであった。

以前にもこの町の高級住宅が連続的に泥棒に見舞われたことがあったが、犯人はついにあがらずじまいだった。泥棒はおそらくどこかの邸内にひそんでいて、夜が明けるのを待ってなにくわぬ顔で立ち去るのだろうといわれているが、こんどの場合がやはりそれで、夜が明けるとともに犯人が、まんまと警戒の網から抜けだして行ったらしいことがはっきりしてきた。

それはさておき、書斎兼居間兼応接室へ落ち着いた金田一耕助は、島田警部補からわたされた手紙を手にしたとき、さすがに興奮に胸がおどるのをおさえることができなかった。

この手紙は前田浜子が小田急に乗る前に、新宿駅の待合室で書いたものだが、封筒も便箋《びんせん》もペンギン書房の名入りのものが使用されており、この手紙によってはじめて三月一日と二日のふた晩かかって、スペードの女王の刺青《いれずみ》をされたのがだれであったか判明したのである。

そして、そこから事件は急転直下、解決にむかったのであった。

刺青された女

金田一耕助先生。

わたし先ほど緑ヶ丘荘のお宅へお電話した前田浜子というものでございます。職業はこの封筒に印刷されておりますペンギン書房という出版社に勤めている婦人記者でございます。

さて、わたくしが先生に御相談申し上げたいと思っておりますのは、ここに同封いたしましたけさの東京日報の切り抜きにある「スペードの女王の首なし死体」の事件に関してでございます。ひょっとするとこの首なし死体というのは、わたしの姉の前田豊子ではないかという疑いを、わたしはいま持っているのでございます。

ここで、姉とわたしの身の上をごく簡単に申し上げておきましょう。わたしどもふたり姉妹に生まれました。姉は昭和二年生まれですから数え年でいうとことし二十八歳でございます。わたしは姉より四つ年下の昭和六年生まれでございます。

わたしどもきょうだいは深川生まれで父は区役所に勤めておりましたが、家にいくらか財産がございましたので、幼時のわれわれはそう生活にも困らず、世間一般標準から申しますと、まあゼイタクに暮らしていたほうでございましょう。

ところが昭和二十年三月九日の夜の大空襲で、わたしどもは両親をうしなったばかりか家も焼かれ、戦後はきょうだいそろって苦難の道を歩かねばならなくなりました。

しかし、ここでわたしども姉妹の苦労ばなしを申し上げても意味はございません。それは戦後の日本人のだれもがなめてきた苦労なのですから。ただ、ここに知っておいていただきたいのは、姉の豊子というひとがもうひとつ性格にしんのないひとだということでございます。

しかし、考えてみればそれもむりのないことで、わたしより四つ年上の姉はそれだけに、わたしよりゼイタクの味になれておりますし、それにわたしが女としてぜったいに容貌《ようぼう》に自信がもてないのに反して、姉は十目の見るところ十指の指さすところ美人でとおるひとなのです。背などもすらりと高くとても姿のよいひとなのです。このことが姉の生涯《しょうがい》をあやまらせました。

昭和二十二年ごろ、姉はアメリカのシヴィル将校と恋愛におちて同棲《どうせい》しました。わたしとちがって大胆で、解放的で、無邪気なところのある姉はだれからも愛され、また、それだけに語学の上達などもはやかったのです。

姉は将来そのシヴィル将校と結婚できるものとばかり思っていたようです。いえ、現にもう奥さんになったつもりで、そのひとが帰国するときは、アメリカへつれて行ってもらえるものとばかり信じていたのです。

しかし、姉のその夢は無残に破れてしまいました。昭和二十四年そのひとが姉に無断で帰国するに及んで、姉ははじめて自分がいわゆるオンリーさんにすぎなかったことを知ったのです。子供がなかったのがまだしも仕合わせでした。

それ以来、オンリーとしての姉の生活がはじまりました。つぎからつぎへと姉はアメリカ人の手に渡っていきました。姉が愛人としているひとりのアメリカ人が帰国するとき、姉はいつもつぎのアメリカ人の手にゆだねられていったのです。

こうして去年の秋までは姉はなんの反省もなく、つぎからつぎへとアメリカ人の手垢《てあか》にまみれて、恬然《てんぜん》とした生活を送ってきたのです。しかし、こういう姉を責める権利はわたしにはありません。そういう姉のおかげでわたしはまがりなりにも学校を出ることができたのですから。

去年の春わたしは大学を出ると表記のところへ就職しました。

それによって姉はわたしを養育しなければならぬ義務と、わたしに学費をみつがねばならぬ責任から解放されました。

わたしもいろいろ意見もし、姉もまた反省したのでしょう。去年の秋、姉がオンリーとして仕えていた最後のアメリカ人が帰国したのを機会に、姉はそういう生活から足を洗う決意をかためて、五反田にある若竹館というアパートで、わたしと共同生活をすることになったのです。

姉がそういう決心をしたのには、ひとつの重大な理由があったようです。オンリーとしての姉がもつアメリカ人の愛人の質が、年齢とともに落ちてきたということが、大いに姉の自尊心を傷つけたらしいのです。

閨房《けいぼう》におけるアメリカ人の性愛生活が、どのようなものであるかわたしは知りません。しかし、なかには非常にえげつない、変態的ともいうべき技巧以外には、満足をおぼえないひともあったらしいのです。また、なかには極端に要求のはげしい男もあったようです。しかも、それ以外に生きかたをしらぬ姉は、唯々諾々《いいだくだく》としてそれらの要求に応じなければならなくなったのでしょう。

こういう生活を数年つづけてきた姉は、健康的にも衰えをみせはじめ、その衰えが容色にあらわれないはずはございません。昭和二十二年シヴィル将校と同棲していたころの姉は、オンリーとしても最高級に属していたらしいのですが、男から男へと譲渡されていくうちに、姉はしだいに格の下がっていく自分に気がつき、そのことが姉の自尊心を傷つけたようでした。

しかし、理由はどうにもあれ、姉がオンリーの生活に見切りをつけてくれたということは、わたしにとってはこの上もない喜びでした。わたしはよろこんで姉を同じアパートに迎え入れたのです。

姉は堅気の職を求めようと思えば、求めうる技能を身につけていました。まず英会話が達者ですし、オンリーの生活をしているころ、必要に迫られてタイプを打つ技能も身につけていたのです。姉はまもなく築地にある貿易商、東邦商事というのへ就職して、はじめて堅気の生活に一歩踏み出したのです。

しかし、数年にわたってゼイタクと安逸になれてきた生活のシミは、なかなか姉の身辺からはぬぐえないようでした。姉はいつも華やかなもの、スリルに富んだ生活にあこがれをもち、地味で平凡な現実にたいして、不平と愚痴が絶えなかったのです。

そういう姉をわたしはいつもハラハラした気持ちで見守る一方、しだいにこの無味乾燥な現実――姉としてはです――に慣れてくれることを心から祈らずにはいられませんでした。

その姉のあのあいうまわしい刺青にわたしが気づいたのはつい最近、一昨々日の金曜日の夜のことでした。そういえばこの春ごろから、同じアパートに住まいながら、わたしは姉といっしょにお風呂へ入る機会がなかったのです。

しかし、わたし自身が雑誌記者という、時間的に不規則な仕事に従事しているうえに、姉は姉でお勤めの時間以外を好き勝手なことでつぶしているらしいので、そのこと……お風呂へいっしょに入らないということも、それほど気にもとめていなかったのですが、金曜日の夜、あの刺青を発見するに及んで、わたしははじめてこの春以来、姉が故意にわたしと入浴することを避けていたのだということに気がつきました。

金曜日の夜おそく、わたしがアパートに帰って入浴しておりますと、だしぬけに姉が入ってきました。姉はもちろん前をかくしておりましたが、洗い場でむかいあって話をしているうちに、はからずもわたしがその刺青を見てしまったのです。

そのときのわたしの驚き！

わたしたち姉妹が若竹館で共同生活をはじめた時分には、姉のそこにはそのような刺青なんかなかったのです。そうすると姉はそののち、オンリーの生活をしていたころより、かえって堕落したのでしょうか。

わたしの詰問にたいして、姉はそのときとても不思議な話を打ち明けました。わたしはもちろんそんな話、頭から信じようとしなかったのですけれど、いまになってみればそのとき姉の話したことが、やっぱり真実ではなかったか……と、そんな気が強くしたものですから、念のためにこの手紙をしたためたしだいでございます。

この春、姉は失職していました。せっかく去年の秋から勤めはじめた東邦商事が解散になり、姉も整理されたのです。このことは姉の責任ではありませんが、せっかく堅気になろうと努力していた姉の出端《でばな》をくじいたことは確かなようです。

あれは三月のはじめのことでした。一日二日とふた晩姉はわたしに無断で外泊しました。そんなことは姉と共同生活をはじめてから、はじめての経験だったのでわたしはまたヨリがもどったのではないかと、とても胸をいためました。

ところが三月三日の朝――それが桃の節句の日だったので、わたしはよく記憶しているのですけれど、わたしがいつものとおり神保町の勤め先きに出ておりますと、十時ごろになって姉が真っ青な顔をして訪ねてきたことがあります。

姉がペンギン書房へ訪ねてきたのは、あとにもさきにもこのときぎりですが、そのとき姉がいうのには、東京駅の待合室で寝ていたら、財布もハンドバッグもとられてしまったから、帰りの電車賃を貸してほしいというのです。

わたしがなぜまたそんなところに寝ていたのかと突っ込んでも、姉はそれ以上のことは申しませんでした。だから、なにか言いにくいことがあって、わたしをだましているのだろうと、それ以上は追及もせず五反田までの電車賃を用達てたことがあります。そして、それきりその問題には姉もふれず、わたしもさわらぬようにしていたのです。

ところが一昨々日わたしが姉の内股に刺青を発見して追及したとき、姉が打ち明けた話というのはそのときのことでした。

その時分姉は新しい就職口が見つかりそうになっていたのだそうです。姉の小学校時代のお友達に神崎八百子さんというひとがあります。わたしも幼いころ知っておりましたが、とてもきれいなかたで、学校でも姉と双璧《そうへき》といわれていたようなひとなのです。その後戦争のためにちりぢりばらばらになってしまって、しばらく消息も聞きませんでしたが、戦後極東キネマのニューフェースに合格したということを新聞で読んだことがございました。しかし、その後映画スターとして売り出す模様もなく、わたしも忘れるともなく忘れていたのです。

この春、姉ははからずもその神崎八百子さんにめぐりあったのだそうですが、神崎さんはなんでも岩永久蔵とかいう大物の愛人になっているらしく、そのほうへ姉を世話をしようといって、岩永氏の秘書の伊丹辰男というひとを、姉に紹介してくれたそうです。

三月一日の晩、姉は伊丹辰男というひとに誘われて、銀座裏のバーを二、三軒のんでまわったあげく、伊丹さんが送っていこうというので、そのひとの運転する自動車に乗ったところが、それきり前後不覚になってしまった。そして、こんど眼がさめたら、東京駅の待合室で寝ていたのだが、あとでそれが三月三日の朝だと知ったとき、自分はどんなに驚いたかわからないと姉はいうのです。

しかも、東京駅で眼がさめたとき、左の内股がチクチク痛むので、トイレへ入って調べてみたら、このような悪戯《いたずら》をされていたのだと、そのときはじめて姉はそこをハッキリわたしに見せてくれたのですが、それがスペードの女王でした。そのとき、わたしは姉に突っ込んで尋ねました。その後、伊丹というひとに会ったことはないのかと。……ところが、姉はときどきそのひとに会っているらしく、しかも愛人関係みたいになっているらしいんです。

その後、伊丹氏に会ったとき、姉が刺青のことについて詰問すると、伊丹氏はこう答えたそうです。それが自分の趣味なのだと。そして、刺青のない女なんか自分にとって全然魅力がない、きみを自分のものにするために、そういう非常手段をとったのだと、伊丹氏はそう答えたそうです。

しかも、そういう関係になりながら、姉は伊丹氏というのがどういうひとなのか、またどこに住んでいるのか知らないというのです。用があると伊丹氏のほうから電話をかけてきて、会うといくらか姉に小遣いをくれるらしく、岩永氏への紹介はそのうちに、そのうちに……でいままで延ばされてきたというのが、一昨々日の晩、姉の打ち明けた話でした。

わたしはもちろんその話を一から十まで信用したわけではありません。しかし、神崎八百子さんや岩永久蔵氏という実在のひとの名前が出たところからみると、全部が全部、姉のつくりごとだとは思われませんでした。

ただ、姉というひとは男に弱いひとなのです。オンリーの生活をしている時分でも、きまった愛人のほかに男をつくったとかつくらなかったとかで、トラブルを起こしたことが一度ならずあったようです。だから、わたしは伊丹辰男というひとに、なにかしら危険性を感じずにはいられませんでした。

知らぬまに女性のだいじなところへ、あられもない刺青をするような男を、先生はいったいどうお思いでしょうか。もっともこれは姉の話を真実としてのことですけれど。

いずれにしても、わたしは近く神崎八百子さんに会ってみて、神崎さんから伊丹氏のことについて、話を聞こうと思っていました。ちなみに姉の話によると神崎さんは赤坂のX・Y・Zというナイトクラブを経営しているということでございます。

ところが、姉は土曜日に若竹館を出たきり、けさになっても帰ってまいりません。しかもさっきわたしが勤め先へ出ますと、少し前にだれかから、電話でわたしにことづけがあったそうです。そのことづけを聞いたのは木谷晴子さんという若いひとなのですが、ことづけの内容はこうでした。

「けさの東京日報でどんな記事を読んでも、いっさいひとにしゃべってはならぬ」

木谷さんの話によると、なにかこう威嚇《いかく》的な口調だったということです。

わたしは新聞といえばA紙しかとっておりませんので、木谷さんから電話のことづけを聞くまでは、こういう事件があったことは知りませんでした。

しかし、片瀬のほうでこういう事件があったばかりでなく、わたしのところへそういう威嚇的な電話があったところをみると、この記事にある、スペードの女王の刺青のある女の首なし死体とは、わたしの姉の前田豊子としか思えません。

金田一耕助先生。

先生はおぼえていらっしゃいますかどうか、わたしはこの春、日東キネマの試写室でスリラー映画「暁の抱擁」の試写があったとき、お眼にかかってお名刺もちょうだいしたことのあるものでございます。ですから、先生に御相談に乗っていただけないものかと、先ほどお電話申し上げたのでございますが、まだ、御旅行から帰っていらっしゃらないとのことでしたから、あたしこれから取りあえず片瀬へ行ってみようと思います。いずれ片瀬から帰ってまいりましたら、御都合をお伺いしたのち参上いたすつもりでございますけれど、御多用の先生のことでいらっしゃいますから、少しでもあらかじめ事情を知っておいていただけたらと、取り急ぎこの手紙したためました。倉皇《そうこう》の際はなはだ見苦しい乱筆にて御判読しにくいところもあろうかと存じますが、とてなにとぞお許しくださいますように。

七月二十五日（月曜日）午後一時

新宿駅待合室にて

前田浜子

岩永氏の秘密の悦楽

金田一耕助と等々力警部がこの長文の手紙を読みおわったのは、もうかれこれ明け方の三時ごろのことだった。ふたりとも暗然たる顔を見合わせるだけで、しばらく咽喉《のど》から声も出なかった。

思えばこの手紙が前田浜子の遺書になったわけである。この手紙を書いたのち数時間をいでずして、この健気な婦人記者は鬼畜のような犯人の凶手に倒れてしまったのだ。世に虫の知らせということばがあるが、新宿駅の待合室で、ペンギン書房の便箋に万年筆を走らせているとき、前田浜子はなにかしら不吉な予感みたいなものに、おびえていなかったとはいえないのである。

しかも、犯人がこの手紙の存在を知っているところをみると、かれは前田浜子が新宿駅の待合室で、この手紙をしたためているのを、どこからか監視していたのではあるまいか。そして、そのあとで前田浜子を片瀬から鎌倉まで尾行して、最後のどたん場になって非常手段にうったえたのだ。

その大胆にして残忍きわまるやりくちを思うと、金田一耕助は全身にゾーッと総毛立つのをおぼえずにはいられなかった。

島田警部補はまだ事情をよく知っていない。しかし、その手紙とそこに同封してある東京日報の記事を読みくらべたとき、かれもまたおびえたような眼をみはって、金田一耕助と等々力警部の顔を見くらべていた。

「金田一先生」

よほどしばらくたってから、等々力警部が咽喉の奥から、いがらっぽい声をしぼりだした。

「この手紙でみるとあなたは一度、前田浜子という女に会っていらっしゃるわけですね」

「面目しだいもありません、警部さん」

と、金田一耕助は暗い眼をして、

「この試写会のあとで座談会があったんです。そのときぼくのファンだとかいって、そのうちにお話を伺いにあがりたいというので名刺をわたしたのです。この手紙のなかで自分でもいってるとおり、器量はいいとはいえませんでした。しかし、言語動作のハキハキとした、感じのいいお嬢さんでしたよ。しかし、死体の顔があまり変わっていたものですから……」

「死体……？」

と、島田警部補が聞きとがめて、

「死体とおっしゃると……？」

「殺されたんだよ、島田君、この前田浜子という娘が……この手紙を書いてのち三、四時間のちのことだったろうがねえ」

と、等々力警部がうめくように唇《くちびる》をかみしめながら、簡単に事情を説明すると、島田警部補の驚きも非常なものだった。

「そうすると犯人はこの手紙の筆者を殺しておいて、そのあとでこの手紙を取りかえしにきたというわけですな」

「そうそう、それについてお尋ねしたいんですが、郵便局をおそった賊の風采《ふうさい》やなんかわかりませんか」

「それがねえ、黒いダスターコートを着た男で、鳥打帽をまぶかにかぶり、大きな黒めがねをかけ、黒いハンケチかふろしきで鼻の下をかくしていたというんです。テレビのスリラー映画かなんかの影響なんでしょうねえ。おまけに張り込んでいたうちの若いもんが声をかけると、いきなりピストルをぶっぱなしてきたもんですから……ただ、身長は五尺六寸か七寸、相当背の高い男だったそうです」

金田一耕助と等々力警部の脳裏には、いつも大きなサングラスをかけているという、伊丹辰男という男のイメージがひらめいたが、しかし、この手紙でも伊丹辰男とは何者なのかわかっていない。

「そうすると、そいつは郵便局の襲撃に失敗したのち、こちらへまわったというわけですか。金田一先生をどうしようと思ってたんでしょうねえ」

等々力警部の声の底を冷たい戦慄《せんりつ》が走っていた。

「いや、それよりも……」

と、金田一耕助は熱いコーヒーを入れてふたりにくばりながら、

「ぼくにわからないのはけさ……いや、もうきのうの朝ですが、ペンギン書房へこの切り抜きの記事のことについて、威嚇的な電話をかけてきたということですね。それはとりもなおさず前田浜子に、この記事について注意を喚起したのも同じことじゃありませんか。だれにもしゃべるなということは、裏返せば、だれかにしゃべってほしいということになるんじゃありませんか。それはもちろん前田浜子という娘の性格にもよりますけれど、この手紙の調子じゃ、なかなかそういう威嚇に屈しそうなお嬢さんとは思えないじゃありませんか」

「そうそう、現に前田浜子はその電話のことづけを聞くまでは、この首なし死体のことを知らなかったんですからな」

「そうでしょう。と、すると電話のぬしのつもりでは、この記事のことについて知ってほしい。そしてだれかにしゃべってほしいということですね。それにもかかわらず前田浜子を殺してしまった。殺してしまったのみならず、非常な危険をおかしてまでこの手紙を手に入れようとした。と、いうことは前田浜子にしゃべらせたくないということですね。そこに大きな矛盾があると思うんですが、それをいったいどう解釈すべきか……」

「なるほど」

と、等々力警部も強くうなずいて、

「しかし、それを金田一先生はどうお考えになるんですか」

「いや、それはぼくにもわかりません」

と、金田一耕助は悩ましげな眼をして、熱いコーヒーをすすりながら、

「しかし、この手紙はわれわれにいろんなことを教えてくれますね。たとえば……これは警部さんなども気がついていらっしゃると思いますが、金曜日の晩、前田豊子が妹にあの刺青を見られたってことなども、とても暗示的じゃありませんか」

「そうそう、同じ晩に鎌倉では神崎八百子が東山里子に、同じく刺青を見られてるんですからな。これは偶然というにはあまりにもおかしな話ですね」

「そう、しかも、そのおかしなところに重大な意味があるんでしょうなあ」

金田一耕助の眼に浮かんだ悩ましげな色は、いよいよ深くなるばかりである。

「しかし、金田一先生」

と、等々力警部は膝の上で前田浜子の手紙をひっくりかえしながら、

「ここにひとつハッキリしてきたことは、三月一日の晩彫亀を拉致《らち》したときの自動車の運転手が、伊丹辰男という男にちがいないということですね」

「そう、しかも、神崎八百子はその男を全面的には信用していなかった……」

「と、おっしゃると……？」

「だって、彫亀の妻女の話によると、かくし金庫のなかでオルゴールが鳴りだしたとき、神崎八百子はあわてて運転手を寝室の外へ押し出したというじゃありませんか」

「ああ、なるほど」

と、等々力警部はまた強くうなずいて、

「しかし、そのときその男は、そこにかくし金庫があることを知ったにちがいありませんね。彫亀でさえ気がついたくらいですから……」

「そうです、そうです。しかも、神崎八百子はかくし金庫のなかにあった岩永久蔵の手紙を見て、どこかへ電話をかけるとき、伊丹辰男……と、思われる男は隣りの部屋のドアに耳をつけて、ようすをうかがっていたという。と、いうことは伊丹辰男と神崎八百子、たがいに相手を信用していなかった。……いわばおたがいに腹のさぐりあいをやっていた……」

と、いいかけて金田一耕助ははたと口をつぐんだ。

等々力警部と島田警部補が、おやとばかりに顔を見直すと、金田一耕助は左手にコーヒーの皿を、右手にコーヒーのカップのつまみをつまんだまま、茫然として瞳《ひとみ》をすえている。

「金田一先生、なにか……？」

等々力警部が声をかけると、金田一耕助ははっと気がついたように、あわててガブリとコーヒーをひとくち口にすると、

「いや、いや、いまかくし金庫のことを話しているうちに、ふと思いついたことがあるものですから……」

「思いついたこととおっしゃると……？」

いる。

「いや、それはあしたのことにしましょう。いちおう確かめてから……」

そこで、金田一耕助が卓上の置時計に眼をやると、時刻はもう四時になんなんとして

「ああ、島田さん、あなたもうお引き取りになってください。われわれも寝ることにしますから、警部さん」

「はあ」

「風呂がわいているはずです。ひと風呂浴びて寝ることにしようじゃありませんか。あとは万事あしたのことです」

「ああ、そうそう、金田一先生はきのう関西から帰ってこられたばかりでしたな。それじゃ、島田君、金田一先生のことはぼくが引き受けるから、きみはもう引き取りたまえ」

「そうですか、それじゃ、金田一先生」

「はあ」

「御用があったらいつでも電話をかけてください」

「はあ、ありがとうございます。御苦労さまでした」

島田警部補が帰ったあとで金田一耕助は思い出したように、

「ねえ、警部さん、彫亀の妻女は大丈夫でしょうかねえ。あのひともだいぶんびくついてたようですがねえ」

「ああ、そう、じゃ、念のために警戒させておきましょう、住所は……?」

「ここにあります。とにかくこの事件の犯人、邪魔者は殺せで、かたっぱしからやっつけるつもりじゃないかと思いますから」

金田一耕助はさっきの暗闇《くらやみ》のなかでのにらみ合いを思いだすと、背筋が寒くなるような恐怖をおぼえずにはいられなかった。

等々力警部が電話でしかるべき指令をあたえたのち、ふたりはいっしょに風呂へ入って、金田一耕助はそのあとでベッドへもぐりこんだ。等々力警部は応接室でソファの上の仮寝である。

ぐっすり眠った金田一耕助が眼をさましたのは、もう十時をまわっていた。応接室では等々力警部がすでに起きているらしく、だれかと電話で話をしている。相手は赤坂署の井口警部補らしかった。

金田一耕助が身支度をして出ていくと、警部は電話をかけおわったところで、

「おはよう、金田一先生、いま赤坂の井口君にゆうべのことを話しておきました。やっこさんだいぶんびっくりしてたようだが、とにかくペンギン書房のほうへひとをやるといってました」

「ああ、そう、ぼくも木谷晴子という娘から、電話のことについて直接きいてみたいですね」

パンとコーヒーと半熟卵、それにミキサーでしぼった果物のジュースが、金田一耕助の毎朝の食事である。

「金田一先生はいつもこんな食事で辛抱してらっしゃるんですか」

「こんな食事って失敬じゃありませんか。これでもせいぜいサービスしてるんですぜ」

「あっはっは、わたしゃやっぱり温かい飯に熱いオミオツケをすすらなきゃ、朝飯食ったような気がしませんや」

「ぜいたくいっちゃいけません。用心棒のくせに」

「あっはっは、ちがいない。それで、金田一先生、きょうの御予定は……？」

「はあ、もう一度赤坂のX・Y・Zへ行ってみたいんですが、その前に、警部さん、彫亀の妻女は大丈夫でしょうねえ」

「ああ、そう、電話をかけてきいてみましょう」

所轄警察へ電話をかけたが、いまのところ坂口キク女にも異状はなかった。なおいっそうの警戒を依頼しておいて、階下へおりたふたりがもう一度門のなかの楓《かえで》の根元を調べているところへ、島田警部補が自転車を走らせてやってきた。

「やあ、どうも、ゆうべは御苦労さんでした」

「島田君、なにか手がかりがあったかね」

「それが皆目。……なにしろこのへんはどの屋敷も広いうえに、邸内に樹木が多いもんですからね。朝までどこかへひそんでいて、明け方通勤者みたいな顔をして立ち去られたらそれっきりです。いまピストルの弾丸をさがしてるんですがね」

「ああ、それが見つかればひとつの手がかりになりますね」

「はあ、……それはそうとけさの新聞で見ましたが、たいへんな事件ですね」

「はあ、近来の大事件でしょうねえ」

「ああ、金田一先生、やっぱりここにかくれていたんですぜ。ほら、ここに木の小枝が二、三本折れてますが、まだ折れ口が新しい。……」

それから等々力警部は厳粛な顔をして、島田警部補をふりかえると、

「島田君、当分、金田一先生の身辺警戒をたのむよ。犯人はよほど執念ぶかいやつにちがいないからね」

「いや、もう大丈夫でしょう。危なかったとしたらゆうべだったでしょうからねえ」

「いや、しかし、念のために毎晩この近くにだれかを張り込ませることにしましょう。とにかくたいへんなやつらしいですからな」

「よろしく頼むよ」

やがて電話をかけておいた自動車がやってきたので、それに乗りこんだ金田一耕助と等々力警部は、そこではじめてゆっくりと新聞をひらいたが、社会面のほとんど全部のスペースが、この事件の記事で埋まっていた。

なにしろ被害者が近ごろとかく話題にのぼりがちの戦後の怪物、岩永久蔵のことだから、ニュースバリューは十分である。そこへもってきて片瀬に浮かんだ首なし死体が、岩永久蔵の愛人らしいという事実のうえに、自動車のトランクのなかから飛び出した第三の死体というおまけまでついているのだから、怪事件といっても近来これほどの怪事

件はなかった。

金田一耕助がふところへつっこんできた三種類の記事を読みくらべているうちに、自動車は赤坂のX・Y・Zへ到着した。

この悪名高きナイトクラブの周辺は、けさは物見高い野次馬でいっぱいである。野次馬のほかに報道関係の連中やニュースカメラマンが待機している。かれらはみんな知っているのだ。この事件が単なる殺人事件ではおわらないであろうことを。……そこからもろもろのスキャンダルの糸口がほぐれていくであろうことを。

……

電話がかけてあったので所轄の赤坂署から井口警部補がきて待っていた。防犯部保安課の高橋警部補は、ゆうべから夜を徹してこの建物の内部捜索に狂奔していた。かれはなんとかして岩永久蔵と麻薬密輸との関係の、証拠のいとぐちを発見しようと懸命だった。

「金田一先生、お調べになりたいのは……?」

「はあ、もう一度岩永氏の寝室を見せてください」

「承知しました。どうぞ」

岩永氏の寝室にはきょうもおおぜい係官がつめかけていて、綿密な捜査をつづけていた。

金田一耕助はその寝室へ入っていくと、まっすぐに洋酒戸棚の前へ行った。八百子の寝室の三面鏡のおいてある位置に、洋酒戸棚がおいてあることは前にもいったが、その洋酒戸棚の上にもヌードの油絵がかかっている。

「どなたかこの油絵をはずしてごらんになりましたか」

だれもそれに答えるものはなかったが、等々力警部がハッとなにかに思い当たったらしく、

「金田一先生、それじゃその額のうしろにも……？」

「警部さん、調べてみてください」

等々力警部が額をはずすと、果たしてそこにも壁紙の上にコの字型のすきまがあった。これまたそのつもりで調べてみなければわからないほど、壁紙の模様でうまくカモフラージがしてあった。

等々力警部がその壁紙の上をさぐっていると、突然コの字型に紙の一部分がはねかえって、その背後にかくし金庫の扉《とびら》が冷たい光をたたえていた。

「高橋君、すぐに本庁へ電話をして、もう一度川上君を呼んでくれたまえ。かくし金庫がもうひとつ見つかったからってね」

高橋警部補はベッドの枕もとにある電話で、すばやく本庁と連絡をとると、金庫の前へ帰ってきて、

「金田一先生、この金庫のなかになにか麻薬関係の証拠類が……」

と、あたりをはばかるように声をひそめた。

金田一耕助はかるく首を左右にふると、

「さあ、それはどうでしょうか。開けてみなければわかりませんが、その望みは薄いんじゃないかと思いますね」

「どうして……?」

「だって、ここでは賭博《とばく》場を経営していたんですからね。いつなんどき手が入るかもしれんということくらいは覚悟していたはずでしょう」

「金田一先生」

と、井口警部補がそばから口をはさんで、

「そうすると、先生はこの金庫のなかになにかがあると思っておいでになるんですか」

金田一耕助は暗室のドアに眼をそそいで、

「いやね、ひょっとするとこの金庫をひらくことによって、岩永久蔵氏がどういうカメラ道楽をもっていたか、それがわかるんじゃないかと思うんです」

ちょうどそこへ署のほうから井口警部補に電話がかかってきた。警部補はふた言《こと》み言話したのちに受話器をおくと、

「いまペンシギン書房の木谷晴子という娘が、社長の山上八郎という人物に付き添われてきてるそうです。待たせておくようにいっときましたがね」

「ああ、そう」

まもなく川上技師がやってきて、十分ののちに金庫が開いた。

一同の緊張のうちに等々力警部が金庫のなかから取りだしたのは、高級カメラが二個と大きなアルバム、それからすでに現像されたフィルムの入った箱。……金田一耕助が予測したとおり、それはすべて写真に関する品ばかりで、麻薬関係のものは出てこなかった。

「やっこさん、なぜまたこんなものを後生大事に、金庫のなかへしまっておいたのか……」

等々力警部はそのアルバムをベッドのそばにある小卓の上へもってきて開いたが、開巻一ページにして一同の唇からは、思わず驚きの声がほとばしった。

それは女のヌード写真であった。

その女は黒いビロードの上に身を横たえて、首を少し横にむけて眠っているが、下半身は仰向けになっており、左の内股《うちまた》にははっきりと、スペードの女王が見えている。

「井口君、この女は……？」

「神崎八百子です。まちがいはありません」

ページをくるとそのことごとくが、神崎八百子のヌード写真であった。しかも、その多くがみだらがましく、えげつなく、相手こそいないものの、すぐそれを連想させるようなポーズばかりであった。

また、八百子の肉体のあらゆる部分が、大きくクローズアップされていた。したがって、あの刺青のあるきわどい部分が何枚か、見るひとの顔をあからめさせずにおかないほど、露骨に、なまなましくクローズアップされているのである。

「金田一先生」

と、等々力警部は苦笑しながら、

「これが岩永久蔵の秘密の悦楽だったんですね。この部屋のばかに明るい照明の意味もこれで解けたわけですな」

「警部さん！」

と、まだ若い高橋警部補はこのえげつないヌードのポーズや、露骨な局部のクローズアップに、さすがに身をはずませながら、

「この神崎八百子の顔をごらんなさい。どの写真を見ても八百子は眠っています。しかし、これはただ眠っているんじゃありませんぜ。八百子はなにか夢を見ている。なにか楽しいうれしい夢を……」

「その夢の謎《なぞ》をきのうあそこのかくし引き出しから発見された、丸薬が解いてくれるのじゃないでしょうか」

と、金田一耕助はどの写真にも共通している、八百子の恍惚《こうこつ》たる寝顔を見くらべながら、

「あれはおそらく阿片《あへん》アルカロイドの類なんでしょう。催眠剤であると同時に催淫《さいいん》剤でもあるんじゃないでしょうか」

金田一耕助のこの想像は当たっていた。あの丸薬が分析された結果、金田一耕助のことばのとおりであることが、のちになってわかったのである。

「そうすると、金田一先生、八百子はこういう写真をとられているということを、知っていなかったのでしょうか」

「知っていたら破棄したでしょうねえ。ここに重要な証拠がのこっているんですから」

金田一耕助が指さしたのは、刺青のある部分のクローズアップである。

八百子の肉体の愛すべき部分、あるいは岩永久蔵氏がとくに愛撫《あいぶ》したであろう部分は、さまざまな角度からクローズアップされていた。顔はいうにおよばず、うつくしい胸の隆起の部分から、両脚をひらいた下腹部の部分、あるいはまろやかなお臀《しり》の曲線などと。……

だが、岩永氏がとくに愛していたのは刺青のあるあの部分らしく、そこはとくに入念に、あらゆる角度から撮影されており、その数はじつに十枚を越えていた。

金田一耕助は注意ぶかく全身ヌードのその部分と、クローズアップされたそれらの写真を見くらべながら、

「警部さん、このクローズアップされた部分は、たしかに八百子の肉体の一部にちがいないようですね。この刺青のクローズアップだけは、ほかの女の写真をとって、われわれの眼をあざむくためにここに混ぜておいたのじゃ……」

「いや、金田一先生」

と、等々力警部もはっとしたように、改めて全身ヌードのその部分と、クローズアップされた刺青を、慎重に比較検討したのちに、

「これはやっぱり神崎八百子の体の一部分ですぜ。きみたち、どう思う」

井口、高橋警部補も、等々力警部と同じ意見だった。クローズアップされた刺青のその部分も、八百子の肉体の一部にちがいないと、一同の意見は一致したわけである。

「と、すると、金田一先生、これは絶好の身分証明書ですね。この写真といま鎌倉にある首なし死体のあの部分の写真と比較してみれば、あの死体が果たして八百子か否かがわかるわけです」

「いや、警部さん」

と、そばから高橋警部補がいきおいこんで、

「これはわたしが行ってみましょう。これらの写真をもって……そして、根岸先生やなんかにも手伝っていただいて、死体とじかにくらべてみましょう」

「ああ、そうなさるのがいちばん確かでしょうねえ。高橋さん」

「はあ」

「彫亀の妻女の話によると、三月一日と二日のふた晩かけて彫亀が彫ったスペードのクイーンは、見たところお手本と同じようだが、彫亀自身が見たらひと眼でちがいがわかるようになってるそうですから、そのおつもりでよくくらべてみてください」

八百子？　豊子？

殺風景な赤坂署の取調べ室で待っていた木谷晴子は、極度の恐怖と惑乱で、すっかり精神の平衡をうしなっていた。もし、山上八郎がそばにいて、なだめたり、すかしたり、しかったり、いろいろ気分を引き立ててやらなかったら、彼女はおそらくヒステリーの発作を起こして、大騒ぎを演じていたことだろう。

山上八郎と木谷晴子のふたりはいま、死体仮置場にある前田浜子の死体を見てきたのだ。そして、その死体がこれから解剖にまわされるのだと聞かされたことが、いっそう晴子の恐怖をあおったらしいのである。

金田一耕助が等々力警部や井口警部補といっしょに、その取調べ室へ入っていったとき、彼女はまだ山上八郎に背中をなでられながら、しくしくと泣きじゃくっていた。むりもない。木谷晴子はまだ十六歳にしかならないのだから。

山上八郎は名刺を出してまず自己紹介をし、それから木谷晴子を紹介したのちに、

「いや、実際驚いてしまいました」

と、山上八郎もまだ興奮のさめやらぬ面持ちで、度の強そうな眼鏡の奥で、出目金みたいに飛びだした眼を血走らせて、

「けさ新聞で前田君の名前……前田浜子という名前は見たんです。しかし、まさかうちの前田君とは思わず……だいいち前田君が鎌倉へ行ったなんてこと知りませんでしたからね。ところが社へ出てみるとみんながわいわい騒いでる。この子がおんおん泣いている。そこできいてみたら、月曜日の朝なんだか妙な電話がかかってきたそうで……それ

で、もしやと思ってるところへ、こちらから刑事さんがこられたというわけで……」

興奮しているときは人間だれでもおしゃべりになる。いまの山上八郎がちょうどそれで、油気のない髪をかきむしり、しきりに頰《ほ》っぺたを痙攣《けいれん》させながら、一気にそこまでまくし立てたが、急に気がついたように頭をさげると、

「いや、失礼いたしました。あなたがたがお尋ねになりたいのはこの子でしたね」

「いや、いや、その前にあなたからまず話を聞かせていただきましょう」

と、等々力警部はピースの箱を取りだして相手に一本すすめながら、

「前田浜子というのはいくつでした」

「さあ……」

と、山上八郎は長い指で頭髪をかきむしりながら、

「二十四でしたか、五でしたか。……とにかく去年の春R大の文科を出てうちへ入ってきたんです。もっともアルバイトをしながら学校を出たので、ふつうより一年おくれたそうですけれど……」

「お宅へ入ったのはなんかのつてで……？」

「いいえ、入社試験でとったんです。両親のないのが難でしたが、在学中新聞をやっとったとかで、活字関係の仕事もズブの素人ではなかったし、それにだいいち言語動作がハキハキしていて感じがよかったものですから……とても仕事熱心な娘でした」

「姉がひとりあるのをご存じでしたか」

「知っています。たしか豊子というんです」

「その豊子という娘に会ったことがありますか」

「ええ……と、そうそう、ただ一度だけ……前田君はその姉のことに触れたがらなかったんです。これは入社してからわかったんですが、なんでもその姉さんというひと、オンリーかなんかしてたらしいんですね。だもんだから前田君は外聞をはばかって、できるだけそのひとのことは避けるようにしてました。でも、近ごろは堅気になって、どこかへ勤めてるようなことをいってましたがね」

山上八郎の興奮はまだおさまっていないのだ。またしても饒舌《じょうぜつ》におちいりかけて、はっと気がついたように口をつぐんだ。

「豊子という姉に一度会ったということだが、どういう機会に……？」

「ええ……と、あれはことしの春でした」

と、山上八郎は頭髪のなかに指をつっこんで、考えるような眼つきをしながら、

「神田の店へやってきたんです。そのときはじめて紹介されたんですが、なかなかきれいなひとでしたよ。あとで聞くと財布をすられたか落としたかしたので、前田君のところへ電車賃を借りにきたんだといってました」

「それ以外には会ったことはありませんか」

「はあ……さっきもいったように前田君は、できるだけ姉の話を避けるようにしてましたし、お姉さんはお姉さんで、やっぱり以前の身分を恥じていたんでしょうね。とにか

くぼくの会ったのはそのときぎりです」

「それじゃ、きみは前田豊子がどういうつきあいをもっていたか、またその娘の身辺にどういう男がいたか、知っていないわけだね」

「それは全然知りません。いまいったような事情ですから……しかし……」

と、山上八郎はさぐるような眼で、三人の顔を見くらべながら、

「それじゃ、こんどの事件の原因は豊子というお姉さんにあるんですか。ぼくもそうじゃないかと思っていたんですが……」

「そうじゃないかと思っていたというのは……？」

等々力警部もするどく見つめると、山上八郎は暗い眼をして、油っ気のない頭をかきむしりながら、

「いや、じつは月曜日の朝、ぼくは前田君に会ってるんです。いや、社ではありません。社のすぐ近所に鈴蘭亭という喫茶店があるんです。そこでぼくが朝飯を食いながら調べものをしているところへ、前田君が入ってきたんです。いえ、ぼくもしばらくは前田君がやってきたことに気がつかなかったんです。前田君もぼくのいることに気がつかなかったようです。ところが、その前田君が店の電話を借りてかけはじめたので、ぼくもはじめて気がついたのです。そのとき、ぼくもちょっと妙に思いました。電話なら社にもあるんですからね。ところが聞くともなしに聞いてると、だれかに姉さんのことを聞いてるんですね。相手はアパートのおばさんかなんかじゃなかったでしょうか。姉さんが

帰ったかどうかって尋ねてるんですね。それで、ぼくもああ、そうかと思ったんです。また、姉さんがトラブルかなんか起こしたので、それで社から電話をかけられなかったんだなと思ったんです」

「それ、月曜日の朝の何時ごろのことでしたか」

と、そばから質問を切り出したのは金田一耕助である。

山上八郎はちらと金田一耕助のもじゃもじゃ頭に眼をやったのち、

「そうですねえ。正確にはおぼえてませんが、九時半か十時ごろじゃなかったでしょうか」

緑ケ丘荘の管理人、山崎さんがつけておいてくれたメモによると、前田浜子から電話がかかってきたのは九時五十分ごろのことだったという。

「そのとき、もうひとつほかのところへも電話をかけちゃいませんでしたか」

「さあ……」

と、山上八郎はあいかわらず長い指で頭髪をかきむしりながら、

「それは気がつきませんでした。調べものに熱中していたし、それに話題が姉さんのことらしいので、聞くのがかわいそうなような気がしたので、注意をそらしてしまいましたから……」

「それで、前田浜子はそのまま帰ったのかね」

と、金田一耕助の眼くばせによって、等々力警部がまた質問をつづけた。

「いや、その店を出たのはぼくのほうが先でしたよ」

「それで、前田浜子に声をかけなかったの」

「いえ、もちろん声をかけましたよ。ちょうど電話をかけおわったところでした。そしたら、気分が悪いからきょう一日ひまをほしいというんです。見ると顔色も悪かったし、それに姉さんのことでなにかあったんだなと思ったもんですから、深くも追及せずに許したんです。ですから、そのあとぼくがちょっと社へ顔を出したとき、この子がひと言《こと》電話のことをいってくれればよかったんですがね」

「あたし……あたし……前田さんに口止めされてたもんですから……だれにもしゃべっちゃいけないといわれてたもんですから……」

それまで黙って警部と山上八郎の一問一答を聞いていた木谷晴子が、そのときはじめて口を開くと、またしくしく泣き出した。

「ああ、そう、それじゃこんどは木谷君の話を聞こう」

と、等々力警部はできるだけ、あいての感情を刺激しないように気をつけながら、

「月曜日の朝、どこからか電話がかかってきたんだね」

「はい」

と、あいかわらず木谷晴子は泣きじゃくっている。

「何時ごろ……？」

「九時ちょっと前でした。その電話が切れてからまもなく前田さんがきたんです」

「それで、どういう電話だったの。できるだけ詳しく話してもらいたいんだが……」

「はい……」

と、木谷晴子はまだ嗚咽《おえつ》しながら、それでもハンケチで涙をふいて、

「はじめ前田浜子はきてるかってきいたんです」

「ああ、ちょっと……前田浜子って呼びすてにしたんだね」

「はい、とても横柄《おうへい》な口調だったんです。だからあたしもずいぶん失敬なひとだと思いました」

「ふむ、ふむ、それで……？」

「それで、あたしがまだお見えになっておりませんていったんです。そしたら、じゃ、やってきたらぜひことづけをしてほしい、いいか、わかったか、きっとことづけするんだよと、とても横柄な口調で念を押すんです」

「ふむ、ふむ、なるほど」

「それで、あたしがどういうことでしょうかと尋ねたら、こんなことをいったんです。けさの東京日報の社会面でなにを読んでも、ぜったいにだれにもしゃべってはならぬと、そういっとけっていうんです。あたし、なんのことかと思ってききかえしたら、もう同じことばを、なんだかとてもすごんだ調子でいって、いいか、きっと前田浜子にそういうんだぞ、絶対に忘れちゃならんぞと、それだけいうとガチャンと電話を切ってしまったんです」

「ふむ、ふむ、それできみはどうしたの」

「あたしなんだか変な気がしたもんですから、東京日報を調べてみたんです。社にはた

いていの新聞がきてますから……そしたら、社会面のトップに麻薬のことが出てたんです。愚連隊が子供を使って麻薬を売ってるって記事が……あたしてっきりそのことだろうと思ったんです」

「木谷君はどうしてそう思ったんだね」

等々力警部は金田一耕助や井口警部補に、ちらと眼くばせをしたものの、その声の調子はあいかわらずおだやかだった。

「はあ、それというのがうちの『週刊喜劇』でいつか、麻薬のことをトップ記事に扱ったことがあるんです。そのとき前田さんが社長さんから特賞をもらったって話聞いてたもんですから」

「山上君、そんなことがあったの？」

「はあ、うちではよく麻薬を扱いますよ。ぼく麻薬の密売ほど大きな人類悪、社会悪はないと思っていますから……」

山上八郎はいくらか昂然《こうぜん》たる調子だった。

「ああ、そう、それで……？」

と、等々力警部はふたたび木谷晴子のほうへむきなおって、

「それからどうしたの」

「はい、あたしその新聞を前田さんの机の上においといたんです。そしたらそこへ前田さんがきたので電話の話をしたんです。前田さん、はじめのうち不思議そうな顔をして

ましたが、新聞を見ていくうちに真っ青になってしまって……」

「そのとき、前田さん、なにかいった？」

「はい、あたしが麻薬のことでしょうっていったら、そうだといったんです。そして、このことを絶対にだれにもいっちゃいけない、あの方面はとても怖いんだからって、それゃすごいような顔をしてあたしに口止めをしたんです。だから、あたしだれにもいわなかったんです」

「ふむ、ふむ、それゃむりはないね。それから前田さん、どうしたの」

「はい、ちょうどそこへ小池さんがきたんです。小池さんてうちの記者のひとりです。そしたら前田さん、小池さんにインタビューの原稿をわたして、朝御飯を食べてないから鈴蘭亭へ行ってくるって出ていったんです。あたしが前田さん……生きている前田さんを見たのはそのときが最後になったんです」

木谷晴子はまたハンケチを眼におしあててしくしくと泣きだした。この年ごろの少女のつねとして、とかく涙腺《るいせん》が刺激されやすいのである。

「それでは木谷君、きみ、けさの新聞で前田浜子の名前を見たとき、さぞ驚いたことだろうねえ」

「はい、それはもうとても……きのうの電話のことがなかったら、同姓同名の別人と思ったかもしれませんけど、あの電話のことがあったものですから、てっきり麻薬関係の悪者にやられたんだと思ったんです。それで社へ出てみんなにその話をしているところへ、社長さんがやってこられて、いっしょにこっちへ来ようといってるところへ刑事さんがこられたんです」

木谷晴子の涙腺はいよいよ敏感になってきたらしく、あとからあとから涙があふれた。

これで金田一耕助の今暁提出した疑惑が、いよいよ濃厚になってきたわけだ。

犯人か、あるいはその仲間のものは前田浜子に電話をもって、片瀬の海岸に浮かんだ首なし死体について注意を喚起してきているのである。それでいて一方前田浜子がそのことを、警察、あるいは金田一耕助に報告するのを防止しようと努力している。そこに大きな食いちがいがあるのではないか。

あの首なし死体が神崎八百子であるにしろ、前田豊子であったにしろ、身替わりということになれば、当然、犯人と目される伊丹辰男という男と、ふたりの女のどちらかが共犯関係にあったと思われる。この共犯関係にあった男女のあいだの計画や考えかたに、どこか食いちがいがあったのではなかろうか。

金田一耕助はもじゃもじゃ頭をかきまわしながら、ぼんやりと部屋の一隅《いちぐう》に視線を放っているのだが、その脳細胞はいまいそがしく回転している。

「ときに、木谷君」

と、金田一耕助は思い出したように、

「その電話をかけてきた人物だがね、それ、男の声だった？　ひょっとすると女がわざと男のような作り声をしていたんじゃないかね」

「あら！」

嗚咽していた木谷晴子は、金田一耕助のその質問に、はっとしたように顔をあげた。涙にぬれた頰をいそがしくハンケチでぬぐいながら、まじまじと金田一耕助の顔を見ていたが、みるみる顔に紅味《あかみ》がさしてきたかと思うと、

「あたし、すっかり忘れていたんですけれど、電話の声を聞いてるうちに、一度だけはっとしたことがあるんです。女のひとじゃないかって気がしたんです。でも、いうことがあんまり乱暴だもんだから、すぐそんなこと忘れてしまって……」

「じゃ、その電話の声、女だったかしれないともいえるんだね」

「ええ、そういえばそうだったかもしれません。たしかに一度だけ、妙に声がかんばしって、そのとき、おやと思ったんです。でも、すぐまた低い、ボソボソした声になって、しかも、いうことがとても乱暴でしょう。だから、いままでそのことを忘れていたんですけれど……」

木谷晴子はしだいに興奮してくるらしく、頰を真っ赤に紅潮させ、瞳を恐怖にうわずらせて、

「しかし、あれ、女のひとだったとしたら、いったいだれなんでしょう」

「いや、木谷君、きみはそんなこと考えなくてもいいんだよ。ただ、ちょっと尋ねてみただけなんだから……」

金田一耕助は等々力警部をふりかえり、

「警部さん、ほかになにか御質問は……？」

「ああ、いや、いまのところべつに……それじゃ、山上君」

「いや、井口君、きみは……？」

「はあ」

「いずれまた出頭してもらうかもしれんが、きょうはこれくらいで……なにか前田浜子やその姉の豊子について気がついたことがあったら、すぐにこちらに知らせてくれたまえ」

「承知しました。それはもういうまでもありませんが……」

と、山上八郎は長髪をかきあげながら、

「しかし、主任さん」

「はあ」

「この娘に危害が及ぶというようなことはないでしょうねえ。犯人はだいぶん凶悪なやつのようですが……」

「まあ、社長さんたら……」

木谷晴子の顔色にはまたさっと恐怖の色が濃くなった。土気色になった唇をわなわなとふるわせながら、

「いやよ、いやよ、あたしいやよ。あたしはただ電話を聞いただけなのよ。聞いたとおり前田さんにお話ししただけよ。そんな、そんな……」

「まあ、まあ、木谷君」

等々力警部も井口警部補も木谷晴子が絶対に、安全であるという確信がなかったのか、無言のまま不安そうにひかえているので、いきおい金田一耕助がなぐさめ役にまわらなければならなかった。

「きみは大丈夫、きみはなんにも知らないんだから、まさか犯人にねらわれるわけはありません。山上君、その点は安心していてください」

「ああ、そう。それを聞いてわたしも安心しました」

山上八郎はやおら椅子から立ちあがると、細長い指で額に垂れかかる長髪をかきあげながら、ペコリと一同に一礼した。

矛盾と撞着《どうちゃく》

山上八郎が木谷晴子とともに立ち去ったあとで、等々力警部は金田一耕助のほうにきびしい眼をむけて、

「金田一先生、電話のぬしが女かもしれないというのは、どういうことなんですか」

「いえねえ、警部さん、電話のぬしはなぜそのような重要な電話を、木谷晴子にことづけたんでしょう。電話が切れたすぐあとへ、前田浜子がやってきたっていまあの娘もいってたでしょう。木谷晴子も前田さんならもうまもなくいらっしゃるでしょう、くらい

のことはいったにちがいない。それを待たずになぜそのような重要なことづけを、木谷晴子にしたんでしょう」

「つまり、前田浜子に直接電話をすれば、いかに声をかえていても、相手に正体を知られるだろうことを、電話のぬしは恐れていたとでもおっしゃるんですか」

「そう考えても、必ずしも不合理じゃないと思われるんですが、どうでしょう」

「しかし、金田一先生」

と、そばから井口警部補も乗り出して、

「それじゃ、電話のぬしは前田浜子の親しいものであったとおっしゃるんですね」

「まあ、そういうことになりましょうねえ」

「では、いったいそれはだれなんです。前田浜子にとって親しい女というのは……？」

金田一耕助は悩ましげなまなざしを、殺風景な部屋の一隅にすえて、

「神崎八百子は先週の金曜日の晩、はじめて友人のひとり、東山里子という女に、左の内股にある刺青を見せている。そして、なか一日おいた日曜日の午後、スペードの女王の刺青のある、女の首なし死体が発見されているんです。このことは神崎八百子があらかじめ、女の首なし死体が発見されることを予見していて、死体が発見されたばあい、自分であることを証言させるためにとった、計画的な行動ともとれないことはありません。と、すると、問題の首なし死体は神崎八百子ではなく、この三月一日と二日のふた晩をかけて、神崎八百子と同じ部分に同じ刺青をされた女、すなわち前田豊子であると

考えられないことはありません。ところが……」

と、金田一耕助は悩ましげな眼に、いよいよ悩ましげな憂色をたたえて、

「前田豊子のほうにも同じことが起こっている。彼女もまた金曜日の晩妹の浜子に、左の内股にある刺青を見せている。しかも、きのう月曜日の朝、だれかが片瀬に浮かんだスペードの女王の首なし死体について、浜子の注意を喚起してきている。と、いうことは前田浜子によってその首なし死体は、姉の豊子であることを証言させたかったのではないかと思われるのです。と、すれば電話をかけてきたぬしというのは……？」

「すなわち、前田豊子だったというんですか」

金田一耕助はものうげな眼でうなずきながら、

「このことは、いずれ高橋さんが鎌倉から帰って来られたら、いくらかハッキリするんじゃないかと思うんですが……」

「しかし、金田一先生」

と、等々力警部は瞳に驚きの色をふかくして、

「月曜日の朝ペンギン書房に電話をかけてきたのが、前田豊子だったとすると、片瀬の海に浮かんでいたのは、やはり神崎八百子だということになるんですか」

「さあ、それは……高橋さんが帰ってこられるのを待とうじゃありませんか」

「いや、しかし……」

と、等々力警部はいくらかせっかちな調子で、

「もし、片瀬の海に浮かんだ死体が、真実神崎八百子だとしたら、八百子はいったいなにをやろうとしたんです。前田豊子の内股に、自分と同じ刺青をさせたところまでは、たいそう計画的だったが……」

「だから、どたん場になってひっくりかえったんじゃないでしょうか。神崎八百子は前田豊子を身替わりとして、自分はこの世から消えようとしていた。それがどたん場になって前田豊子の身替わりにされてしまった……」

「しかし、前田豊子は神崎八百子を身替わりとして、いったいどうするつもりだったんでしょう。まさか自分で神崎八百子になりすますわけにはいかなかったでしょうに」

「神崎八百子になりすますわけにはいかなかったが、スペードの女王にはなれるんじゃないでしょうか。スペードの女王はだれにも顔を知られていなかった。左の内股の刺青と、猫眼石《ねこめいし》の指輪さえ手に入れれば……」

「あっ！」

と、等々力警部は驚きの声を放つと、にわかにデスクから身を乗り出して、

「そうすると、神崎八百子の相棒だと思われている人物、伊丹辰男という男はどたん場になって、前田豊子に乗りかえたというんですか」

「もし、いま鎌倉にある死体が神崎八百子だとハッキリすればね」

「なるほど、そうだとすると岩永久蔵の殺害された理由もよくわかりますな。岩永久蔵はスペードの女王がだれであるかを知っていたはずですから……」

井口警部補のつぶやく声を耳にはさんで、等々力警部はまたハッとしたように、

「なるほど、なるほど。そうすると、伊丹辰男という男は、真実のスペードの女王と、スペードの女王が何物であるかを知っている人物を殺害したあげく、前田豊子をスペードの女王に仕立てあげ、みずから麻薬界を牛耳ろうとしていたというんですか」

「少なくとも前田豊子はそう吹きこまれていたんじゃないでしょうか。しかし、その実伊丹辰男は、それが不可能であることも知っていたかもしれませんね」

「と、おっしゃると……？」

「彫亀の妻女の話によると、彫亀はふたつのスペードの女王のあいだに、彫亀自身が見れば、ひと目でわかるような区別をつけておいたといってるでしょう。伊丹辰男はあきらかに、神崎八百子と前田豊子の両方に関係があったことと思われます。だから、いつかふたりのスペードの女王に、根本的なちがいのあることに、気がついていたかもしれません。と、すると、スペードの女王の身替わりにしようたって、そいつはちょっと無理だということを、知っていたかもしれませんね」

「と、すると、いったいどういう……？」

と、等々力警部も井口警部補も、眉《まゆ》をひそめて金田一耕助の顔色をうかがっている。

金田一耕助は憂えの色をふかくして、

「いったい、伊丹辰男と名乗る男の意図しているところはなになのか、それがハッキリしない以上、ぼくにもまだハッキリとした意見は申し上げかねますが、その男が神崎八

百子と前田豊子のふたりをあやっていたことはたしかですね。神崎八百子には前田豊子を身替わりにして、スペードの女王という危険な立場から、救ってやろうと約束していたのかもしれない。しかし、その場合だと岩永久蔵を殺害する理由はなさそうですね。むしろ岩永の圧力から逃れるために、豊子を身替わりに立てて八百子は姿を消すのでしょうから。ところがその反対に八百子を身替わりに立てて、豊子をスペードの女王に仕立てようとする場合だと、岩永久蔵を殺害する必要がありそうです。岩永久蔵はスペードの女王がだれであるかを知っていたんですからね」

「と、すると、あとの公算が大きいとおっしゃるんですか」

と、等々力警部の鋭い詰問にたいして、

「いや、いや、それは片瀬にあがった首なし死体の身元を、もう少しはっきりさせてからのことですね」

「しかし、金田一先生」

と、井口警部補は体を乗り出して、

「さっきの先生のお説によると、伊丹辰男は前田豊子をスペードの女王に仕立てることは、不可能だということを、知ってたかもしれないとおっしゃいましたが……」

「ええ、そう」

「しかし、そうするといまおっしゃった第二の場合は、不合理ということになりはしませんか」

「そう、だからぼくにはこの事件の犯人が、なにを意図しているのかわからないと申し上げたんです。しかし……」

「しかし……？」

「はあ、つまり神崎八百子は前田豊子を身替わりとして、この世から姿を消すつもりで行動していた。そして、その目的のために伊丹辰男が協力してくれているものだとばかり信じていた。一方、前田豊子は前田豊子で、神崎八百子を身替わりに立て、自分がスペードの女王になりすますつもりで行動していた。そして、これまたその目的のために伊丹辰男が協力してくれているものとばかり信じていたかもしれない。しかし、伊丹辰男にははじめから両方ともその気がなかったかもしれない。かれにはもっとほかの目的があって、たくみにふたりを利用していたのかもしれないと思うんです」

「と、おっしゃると、どういうところからそうお考えになるんです」

と、これは井口警部補である。

「前田浜子を殺害したこと、ならびにその手紙を奪おうとしたことですね」

「そこをもう少し明確におっしゃってくださいませんか」

「前田豊子が妹の浜子に、金曜日の晩、スペードの女王の刺青を見せたり、また、月曜日の朝、正体不明の人物が電話で片瀬の首なし死体に関して浜子の注意を喚起してきたりしたのは、あきらかに前田浜子にその死体を、姉の豊子であることを証言させたかったからではないでしょうか。ところが犯人にとってはそれではつごうが悪いので、前田浜子を殺害してしまったのみならず、その手紙がぼくの手に入るのを未然に防ごうとした。と、いうことは犯人と前田豊子のあいだに、意志の疎通を欠いていたということになりはしないか。すなわち、豊子が妹の浜子に刺青を見せたり、また正体不明の人物が浜子に警告の電話をかけてきたりしたのは、犯人の意志ではなかった。前田豊子が勝手にやったのではないかと解釈できないでしょうか」

「なるほど」

と、等々力警部は眉根にふとい皺《しわ》をきざみながらも、ずっしりと、重っ苦しくうなずいて、

「しかし、犯人があのような危険な状態で、前田浜子を殺害したのは……？」

「犯人は……」

と、金田一耕助はちょっと口ごもったのち、

「ゆうべすぐにマーキュリーのトランクが、調査されるとは思わなかったんでしょう。あのギャレージには鍵がかかってなかった。またもし犯人があの自動車の鍵をもっているとしたら、犯人は早晩マーキュリーを盗みだし、前田浜子の死体をどこかへかくすつもりじゃなかったでしょうかねえ」

「と、いうことは……？」

「つまり犯人はこの事件のなかに、前田浜子が介在していることを知られたくなかったんじゃないでしょうか。と、いうことは、この事件の犯人は神崎八百子よりも、むしろ

前田豊子と浜子の姉妹の周辺にいる人間じゃないか。ところが、豊子と浜子は全然別の生活環境のなかにいたんですから、犯人はむしろ浜子の周辺にいる人間じゃないか。ことに浜子があもやすやす、犯人の毒牙《どくが》にかかったところをみると、変装していないときの犯人を、前田浜子はよく知っており、また、その男を少しも疑っていなかったということを意味するのではないか……」

「金田一先生」

と、井口警部補は驚きと興奮に、おしへしゃがれたような声を咽喉《のど》の奥からしぼり出した。

「先生はそれをだれだとおっしゃるんですか」

「いいえ、それはぼくにもわかりませんよ」

と、金田一耕助はものうげに首を左右にふると、

「それを探し出すのがあなたがたのお仕事ですからね」

「しかし、先生」

と、等々力警部はデスクの上から身を乗り出し、

「それじゃ、先生の見込みでは伊丹辰男というのはだれかの変装だとおっしゃるんですか」

「だって、古川あや子がいってたじゃありませんか。伊丹辰男という男は白髪染めを使ってたって」

「そうすると、先生のご意見では、伊丹辰男という男は、四十前後と見られている推定年齢より、もっと年をとった男だとおっしゃるんですか」

金田一耕助はしばらく無言でひかえていたのちに、ボツリ、ボツリと雨垂れの垂れるような陰気な声でつぶやいた。

「もっと年をくった男が、白髪染めを使って変装する場合、小鬢《こびん》に白いものを残すようなことをするでしょうか。できるだけ若く見せようとするのがほんとうじゃないでしょうか」

「と、おっしゃると……？」

「ですから、実際は四十前後よりもっと若い男、そして、白髪など一本もない男が実際よりも老《ふ》けてみせるために、小鬢に白粉かなんかはいているんじゃないでしょうか。だから、小鬢の白いものが多くなったり、少なくなったりするんじゃ……」

金田一耕助はそこでやおら立ち上がると、

「とにかく、伊丹辰男という男は神崎八百子と前田豊子が結びついてくることを極端に恐れ、警戒していたんじゃないかと思うんです。八百子と豊子はいままで全然別の世界に住んでいた。彫亀の妻女は八百子と同じ刺青をされた女が、この世に存在することは知っていた。しかし、そのことは犯人にとってそう痛痒《つうよう》を感じなかったのではないか。あれほど血に狂った犯人が彫亀の妻女に手を出そうとしなかったところをみると。……ただ、犯人の恐れたのは、その女がだれであるかを知られることではなかったか。そして、それゆえにこそ前田浜子を殺害し、また浜子の遺書を奪おうとしたのではないか。……ぼくの申し上げたいのはだいたいそういうところに尽きると思うんです。では、きょうはこれで……いずれ後刻電話ででも、高橋さんの調査の結果をお尋ねすることにいたしましょう」

金田一耕助はそこでペコリと一礼すると、飄々《ひょうひょう》としてその部屋から出ていった。

金田一耕助は金田一耕助で、なにか考えがあるのだろうと思ったので、等々力警部はあえてかれを引き止めはしなかった。

深夜の墓掘り

金田一耕助の推理は的中した。

岩永久蔵のかくし金庫より発見された、おびただしいヌード写真と、片瀬の海に浮かびあがった首なし死体のあの部分が、綿密に比較検討された結果、死体のぬしはもはや絶対に神崎八百子にまちがいなしという結論が打ち出された。

この検討はじつに慎重にとりおこなわれた。警視庁からは高橋警部補のみならず、鑑識課の写真班員はいうにおよばず、科学検査所のベテランたちも同行して、死体のあの部分の刺青《いれずみ》と、ヌード写真のそれとが慎重のうえにも慎重に比較検討されたのだ。

クローズアップの写真だけでは不安であった。なぜならば奸悪《かんあく》きわまりなき犯人のことだから、もしかれがこういう写真の存在を知っていたら、もうひとりの女のその部分を、クローズアップの写真にして、そこへまぜておくぐらいのことは考えたかもしれないからだ。

だから、神崎八百子にちがいないというのがハッキリしている、全身ヌードの写真から、その部分だけが拡大写真に引き伸ばされて、首なし死体のそれと比較検討された。さいわい岩永氏の使用していたカメラが非常に精巧なものだったので、その部分だけが拡大されても、効果を減殺するようなことはなかった。

こうして、刺青の図柄はいうまでもなく、その刺青のある部分、位置等々、あらゆる角度から比較検討された結果、もはやその死体がヌード写真のぬしであるところの、神崎八百子に絶対まちがいないという断定が下されたのである。

そこで犯行の順序を追ってみると、だいたいこういうことになるのではないか。

土曜日の午後二時ごろ、中田三四郎との競泳にことよせて、沖へ出た神崎八百子は、そのままひそかに陸へあがり、どこかにかくしておいた衣類を身につけて、人眼を避けて東京へ帰ってきた。

そのときの彼女の考えでは……いや、伊丹辰男との打ち合わせでは、彼女が東京へ帰る前後に、伊丹辰男が前田豊子を殺害して、マーキュリーのトランクへつめておく。そして谷口健三の運転でマーキュリーが鎌倉へはこばれるとき、伊丹辰男も同乗して、夜に入って死体……むろん、神崎八百子の考えでは、その死体とは当然前田豊子であったろう……の首を斬《き》り落とし、鎌倉の海へ投げこんでおく。……

こうすることによって神崎八百子は前田豊子を身替わりに立て、おのれはこの世から消えるつもりであったのだろう。

ところがどたん場になって彼女の運命は逆転した。彼女自身が虐殺されて、マーキュリーにつめられて、鎌倉まではこんでこられた。そして、首を切断されたあげく鎌倉の海のなかへ投げこまれたのだ。

では、なにがかくも彼女の運命を逆転させたのか。最後のどたん場になって、なにが伊丹辰男をして、かくも冷酷無残な裏切り行為に走らせたのか。

いや、いや、それより前田豊子はどうしたのか。片瀬の沖に浮かびあがった首なし死体が、神崎八百子と断定された以上、前田豊子はまだどこかに生きていなければならぬはずである。少なくとも月曜日の朝、ペンギン書房に電話をかけてきた人物が前田豊子だったとしたら、その時分までは彼女も生きていたはずだ。

もし彼女が火曜日まで生きていたとしたら、その朝デカデカと新聞に報道された、前田浜子の殺害事件も知っているはずである。それにもかかわらずその後も杳《よう》として彼女の消息がわからないのは、いったいどういうわけだろう。

むろん、神崎八百子が土曜日の午後殺害されたとしたら、その夜、岩永久蔵を殺したのは、八百子でなく、豊子だという可能性が非常に強くなってくる。殺人犯人である以上、姿をくらましているのは当然といえば当然としても、あまりにも完全に姿をくらましているところに、捜査当局としてはある種の不安をおおいかくすことができなかった。

ひょっとすると彼女もまた、神崎八百子と同じ運命をたどっているのではなかろうか。

……？

だが、そうなるといよいよわからなくなるのは、伊丹辰男なる人物がいったい、なにを目的としているのか……と、いうことである。

ただ、前田豊子という女を知っているひとびとから知りえたところによると、彼女はいかにも金田一耕助が、推理したような立場におかれそうな女であったらしい。

美貌《びぼう》ではあったが思慮分別に富んでいるとはいえなかった。人一倍虚栄心が強くてあさはかだった。つねに現実に不満をもち、ロマンスとスリルに強いあこがれをもっていた。しかも、外人の手から手へと渡ってきた彼女は、ふつうの日本の女としては妙に大胆で思いきったところももっていた。それでいて、男にだまされやすいときている。

だから、伊丹辰男なる怪人物から、神崎八百子を抹殺《まっさつ》すると同時に、自分自身をも抹殺して、スペードの女王にのしあがったらどうかというようなことを、ことばたくみにもちかけられたら、いかにもその手に乗りそうな女だったらしい。

それはさておき、七月も過ぎ八月になっても前田豊子の行くえはわからなかった。その間、捜査当局では躍起となって伊丹辰男なる人物の割り出しに狂奔したことはいうまでもないが、いまのところ皆目見当もついていない。

X・Y・Zのホステスたちのなかには、その男を見たものが、古川あや子を除いても数名あった。しかし、だれもその男に特別の注意を払ったものはなかったし、また、由来ナイトクラブというところは、どこでも半照明でそれほど明るくはないのだから、ハッキリその顔を記憶しているものはなかった。

ただ一同の一致した意見としては、いつもサングラスをかけた中年のものしずかな紳士で、小鬢に白いものがチラホラしていたという程度にすぎなかった。

さて、その間、金田一耕助はなにをしていたのか。……

その当時、これが等々力警部にとってもっとも大きな心痛の種だった。金田一耕助は七月二十六日、すなわち火曜日の午後赤坂署を出たきり、杳として消息を絶っているのである。その日以来かれは緑ヶ丘町のアパートへも帰らず、姿を消しているのだが、等々力警部にとっては、これが大きな心配の種だった。

金田一耕助のことだから、まさか犯人の術中におちいったとは思えないが、そうはいうものの、緑ヶ丘荘まで出かけていくほど凶暴無残な犯人なのだ。なにか金田一耕助の身に間違いでもあったのではないか……と、そう考えると、等々力警部はみぞおちのあたりが固くなるほどの不安と恐怖をおぼえるのだった。

等々力警部は日に何回となく緑ヶ丘荘へ電話をかけた。しかし、管理人の山崎さんの返事はいつも判でおしたように同じであった。

「まだお帰りになりません。はあ、どこからもご連絡はございません」

そのたびに等々力警部はみぞおちのあたりにずっしりと、鉛をつめこまれたような不安な圧迫を感じずにはいられなかった。

むろん、金田一耕助は危険をおそれて姿をくらましているのであろう。そして、ひそかにこの事件の捜査を進めているのにちがいない。しかし、それならなぜ電話ぐらいかけてこないのだろうかと、それが等々力警部の不安と恐怖の種だった。

八月五日。——すなわち事件が発生してからすでに十日たっている。そのころには高橋警部補の努力によって、岩永久蔵こそ最近における、麻薬密輸のボスだったことが明白にされ、世間の大きな憤激を呼んでいた。

そういう意味ではスペードの女王の一件は、片づいたといってもよかったかもしれない。麻薬の女王、スペードのクイーンとはやっぱり神崎八百子だったのだ。そして、彼女は片瀬の海に首なし死体となって浮かんだのだ。だから麻薬担当の高橋警部補の任務はおわったが、等々力警部や井口警部補、鎌倉の今波警部補の任務はまだおわったわけではない。

いかに相手が人道の敵、岩永久蔵や神崎八百子だったとしても、それを殺害した人物は罰せられなければならぬ、ましてやそいつは前田浜子のような無辜《むこ》の女性を殺しているのだ。

八月五日の夜八時ごろ。等々力警部はその日、三度目の電話を警視庁の捜査一課第五調べ室から緑ケ丘荘へかけてみた。しかし、管理人の応答は依然として同じであった。

等々力警部が重っ苦しい胸を抱いて受話器をおいた瞬間、電話のベルがけたたましく鳴り出した。等々力警部はものうげに受話器を取りあげたが、つぎの瞬間その面上にさっと喜びの色が走った。

「き、金田一先生！」

と、思わず呼吸をはずませて、

「あなた、いったい……」

といいかけたが、相手になにやらたしなめられたらしく、

「ああ、そう、いや、失礼しました。なにか……？　はあ、はあ、いや、いまこの部屋にいるのは新井君ひとりだけですが、……ああ、そう、はあ、小田急沿線の喜多見ですね。できるだけ目立たないように……承知しました。それで、わたしと新井君と、赤坂の井口君……？　承知しました。はあ、はあ、いや、井口君にもよくいっておきます。それじゃ、のちほど」

電話を切って受話器をそこへおいたとき、等々力警部の眼は興奮にギラギラかがやき、額にはぐっしょりと玉の汗が浮かんでいた。

「警部さん！」

さっきから腰を浮かして警部の電話に耳をかたむけていた新井刑事も、警部が受話器をおくと同時に、席を立ってそばへやってきた。

「金田一先生からなにか……？」

「ああ、先生、とうとうなにかつかんだらしい。小田急沿線の喜多見へ至急やってこい

というのだ。むろん、こんどの事件だろう。赤坂の井口君にもきてほしいとおっしゃるんだからな」

等々力警部はそういいながら、いそがしくダイヤルをまわしていたが、さいわい井口警部補も署に居合わせた。

等々力警部は簡単に、金田一耕助からの電話のおもむきを伝えると、

「とにかく、できるだけ目立たないようにしてほしいとおっしゃるんだから、そのつもりで……ぼくはだれかの洋服を借りていく。ああ、そう、それじゃタクシーでも拾って、赤坂まで迎えにいくから、それまでに支度をして待っていてくれたまえ」

それから約一時間ののち、小田急沿線の喜多見の駅前でタクシーを乗りすてた三人は、どう見ても警察官とは見えなかった。

大男の等々力警部は開襟《かいきん》シャツに半ズボンをはき、どこから調達してきたのか、べっ甲ぶちの眼鏡をかけているところは、土建屋のボスというかっこうである。井口警部補と新井刑事も、だいたい似たりよったりのかっこうだった。

三人が自動車からおりたったとき、のろのろとそばへよってきた男がある。派手な開襟シャツにギャバのズボンをはき、両腕に黒繻子《じゅす》の腕当てをはめて、額に青いシェードをつけているところは、駅の事務員といったかっこうで、髪の毛もキチンと左でわけている。

「失礼ですが、ちょっと火を……」

「おっ！」

と、立ちどまって、シェードの下の顔をのぞいた等々力警部は、驚きの色を眼に走らせて、なにか口走りかけたのを、思わず唾液《だえき》といっしょに飲みこむと、

「さあさあ、どうぞ」

カチッとライターを鳴らして差し出すと、

「ちょっと拝借」

と、相手はライターを手にとって、口にくわえていたたばこに火をつけると、

「いや、どうもありがとう」

と、シェードの男はライターをかえしながら、

「そこにリリーというバーがあります。そこへでも行って読んでください」

と、小声の早口でささやくと、男はそそくさとその場から立ち去った。

等々力警部はそのほうへは眼もくれず、駅の前を見まわすと、なるほどつい眼の先にリリーという看板がかかっている。等々力警部はふたりに眼くばせをすると、大股《おおまた》に道を横ぎって、リリーのガラス戸をギーと肩で押して入った。

なかは十畳じきくらいのせまい土間で、テーブルが五つ六つ、奥にカウンターがあるという、おさだまりの構えだが、さいわい客はひとりもなかった。

こってりと白粉をぬった女が三人、眠そうな眼をして隅《すみ》のほうにたむろしていたが、三人の姿を見ると、よき客ござんなれとでも思ったのか、はしゃいだ声をあげてよってきた。

等々力警部はいちばん隅っこの席に腰をおろすと、ハイボールとチーズを注文してお

いて、

「ちょっと用談があるんでここを借りるよ。失敬だがきみたちちょっとむこうへ行ってくれたまえ」

と、女たちを遠ざけると、さて、おもむろにさっきライターとともに金田一耕助からわたされた、紙片をひらいて読んでみた。


なんとかひとに怪しまれないように、十二時ごろまでこのへんでねばっていてください。この店のほかに『のんべ』というおでん屋が地図のところにあります。地所の売買の話でもしていられたらいかが。十二時になったら地図のなかの×点のところへきてください。ただし、絶対にひとに知れないように。十二時以前に異状があったさいには、なんらかの方法でリリーなり、のんべなりへ連絡します。㊎

この簡単な通信文のほかに、かなり詳しいこのへんの地図がそえてあったが、警部はそれに眼をとおすと、

「なるほど、それじゃここからここまでの土地を売るというんだな。だけど、きみ、さっきの値段じゃちょっと手が出ないぜ」

と、通信文のほうを井口警部補に差し出しながら、等々力警部が腕時計に眼を落とす

と、時刻はまさに九時三十分。

それから十二時までの二時間三十分が、等々力警部や井口警部補、新井刑事の三人にとって、どれだけ長かったことであろうか。

金田一耕助は例によってなんの説明も加えていない。しかし、かれが変装するなどということはよくよくのことなのである。なにかしら、事件が大詰めへ近づいてきたという緊迫感が、いっそう今夜の時刻のうつるのを、おそいように思わせるのだ。

それでも、『リリー』と『のんべ』で、どうやらひとの注目をひくこともなく、時をかせいだ三人が、のんべの椅子から立ちあがったのは、十二時十分前のことだった。金田一耕助の計画は予定どおり進行しているらしく、それまでなんの連絡もなかった。

金田一耕助が地図の上で×点をつけているのは、この土地の奥にある浄徳寺という寺の表門の前である。この浄徳寺の裏側には近ごろ貸家が建っているらしいのだが、とくにその貸家の住人に、気づかれぬようにとの注意が、地図の上に書きそえてあり、三人別々にその浄徳寺の表門の前へ集まれるようにと、三つの道筋まで示してあった。

その浄徳寺の表門の前へ、まずいちばんに到着したのは等々力警部だ。おりからの曇り空の下に、くろぐろとそそり立っている山門をむこうに見て、歩調を落としてゆっくり行くと、

「こちらへ……」

と、山門のなかから低い声がかかった。

等々力警部が山門のなかへとびこむと、真黒なレーンコートに身をつつんだ金田一耕助が立っていて、

「警部さん、これを……その白い開襟シャツでは眼につきます」

等々力警部がわたされたのは黒い繻子のジャンパーである。等々力警部がそれを着込んでいるところへ、井口警部補と新井刑事が順繰りにやってきた。

「簡単に事情を説明しておきましょう」

と、金田一耕助は低い、ものうげな声で、

「この寺の背後にはずいぶん広い墓地があります。その墓地の裏側に近ごろ貸家が建ちはじめています。その貸家の一軒を、この事件に関係のある人物が変名で借りています。今夜その借家人を見張るつもりなんですが、万が一にもこの張り込みに失敗したら、……つまり、今夜われわれが見張っているということに気づかれたら、そいつを捕らえるチャンスは、非常に困難になるのじゃないかと思われます。だから、用心のうえにも用心してください」

「金田一先生、その借家人の名前は……？」

「それはもう少しお待ちください。ああ、そうそう、これをいい忘れちゃいけない。そいつはピストルをもってますからそのおつもりで……」

金田一耕助はこの寺の地理に明るいらしく、懐中電灯もつけずに三人を墓地の入り口まで案内すると、

「少々待ってください。ちょっとようすを見てきますから……」

と、寺の横の門から出ていったが、五分ほどすると帰ってきて、

「まだのようです。じゃ、こちらへ……」

三人を墓地のなかへつれこむと、あらかじめ考えておいたらしい場所へ、それぞれ三人をひそませて、

「ほら、むこうに大きな欅《けやき》の木が立ってるでしょう。あのへんを注意していてください。それから合図はぼくの口笛、口笛が聞こえたらいっせいに飛び出してください」

そういいおいて金田一耕助自身は、等々力警部といっしょに大きな墓の背後に身をかくした。

ずいぶん広い墓地である。ゆうに二千坪は越えるであろう。もとはおそらく武蔵野の林であったろうのをきり開いて、墓地にしたものらしく、あちこちに欅や椎《しい》の大木がそそり立っている。金田一耕助のしめした欅というのは、墓地のいちばん裏側あたりにあたるらしい。

金田一耕助と等々力警部、井口警部補と新井刑事の四人が待たされたのは、ちょうど一時間だった。

午前一時ごろ、墓地の裏の入り口からだれやらひとが入ってきた。そいつも懐中電灯をともすことをひかえているので、どういう人物なのかわからない。墓地の入り口に立ったまま、そいつはしばらくあたりのようすをうかがっているふうだったが、やがて金

田一耕助のしめした欅の大木のほうへ歩みよった。

井口警部補と新井刑事のふたりは、これで自分たちがその人物の、退路を断つ地位におかれていることに気がついた。

やがて欅の大木の下から落ち葉をかきのける音が聞こえた。落ち葉はずいぶんうずたかく積もっているとみえ、それをかきのけるのに相当ひまがかかった。落ち葉をかきのけてしまうと、やがてシャベルを使って、さくさくと土を掘り起こす音が聞こえはじめる。

等々力警部の心臓はいまにも胸膈《きょうかく》をやぶって飛び出しそうだ。額から滝のような汗がしたたり落ちる。

深夜の墓掘り。……それがなにを意味するものなのか、等々力警部にも想像できる。金田一耕助はのっぴきならぬ現場において、犯人を捕らえさせようとしているのだ。

深夜の墓掘りは明かりもつけずに、サックサックと土を掘っている。よっぽど用心している証拠に、ときおり掘る手をやすめては、あたりのようすに気をくばっている。息がはずみそうになってくると、シャベルを使う手をやすめて、しずかに呼吸をととのえている。

落ち着きはらったその態度からして、この人物はいま自分のやっていることに、よほど自信をもっているらしい。少なくともいま自分が監視下におかれていようなどとは、夢にも気がついていないもようである。

一呼吸入れると墓掘り人夫はまたサックサックと土を掘りはじめる。あいかわらず落ち着き払ったペースである。かえって等々力警部のほうが、緊張と興奮に、息がはずみそうになるのを、抑えるのに苦労しなければならなかった。ピストルを握った手のひらにベットリと汗がにじんでいる。

いったいどれくらい穴が掘れたのか、墓掘り人夫はシャベルをおいて、土の上に腹這《ば》いになったらしい。そして、両手で穴のなかを探っているらしかったが、まだ満足がいかなかったのか、またシャベルをとって掘りはじめる。

それから約五分ののち、墓掘り人夫はまた穴を掘る手をやすめて、両手で穴のなかを探りはじめた。こんどは満足がいったのか、このときはじめて墓掘り人夫は、懐中電灯にスイッチを入れた。

そのとたん、金田一耕助は等々力警部を肘《ひじ》で小突いて、

「ヒューッ！」

と、ひと息、鋭く口笛を吹き鳴らした。

「ああっ！」

墓掘り人夫は驚きの声をあげて、穴のなかからとび出すと、懐中電灯を急いで消して、ポケットからピストルを取り出した。

その男の左右から、井口警部補と新井刑事の懐中電灯が、さっとばかりに照射された。まだ、だれだかわからない。鳥打帽子をまぶかにかぶり、ギャング映画もどきに黒いハンケチで鼻の下をかくした男である。鳥打帽子の下から眼鏡がキラキラ光っている。

「捨てろ！　そのピストルを捨てろ！」

等々力警部がどなった刹那《せつな》、墓掘り人夫のピストルが火をふいて、金田一耕助と等々力警部のかくれている大きな墓石に、弾《たま》があたってはねっかえった。

「山上さん、抵抗してもむだですよ」

金田一耕助が墓石の背後から声をかけた。妙にしずんだ物悲しげな声だった。

山上さん……と、聞いて等々力警部はギクッとしたように肩をふるわせた。

そうだったのか……？　山上八郎だったのか……？

「山上さん、あなたの探してらっしゃるコンタクトレンズなら、わたしがひと足先に探し出して、掘り出しておきましたよ」

山上八郎はちょっと黙っていたのちに、

「だれだ、そういう貴様はだれだ！」

「金田一耕助」

山上八郎はまたしばらく黙っていたのちに、

「金田一耕助がどうしてここを嗅《か》ぎつけたんだ」

「このあいだ赤坂署であなたに会って以来、わたしはあなたを尾行しつづけていたんですよ。あなたはこの墓地の裏に、二ヵ月ほど前から変名で家を借りてらっしゃいましたね。作家が仕事場をもつという口実で。……その家をそのままにしておいては怪しまれると思ったのか、あなたは先月の終わりに、契約解除と荷物の引き取りにここへやってこられたでしょう。それであなたがここにアジトをもってらしたことを知ると同時に、それからひいてその墓穴を発見したというわけです。猫眼石の指輪をはめた前田豊子の墓穴を……そして、そのときあなたが過まって落とされたコンタクトレンズを……あなたが伊丹辰男になりすますとき、必要欠くべからざる品だったコンタクトレンズをですね」

「出て来い！　金田一耕助、出て来い！」

山上八郎はけもののように吠《ほ》え立てると、落ち葉を踏んで一歩前進した。

「止まれ！」

と、右のほうから井口警部補が、

「止まらぬと撃つぞ！」

と、左のほうから新井刑事が絶叫した。

「ねえ、山上さん、聞かせてください」

と、金田一耕助は落ち着きはらって、

「あなたのような聡明《そうめい》なインテリが、なんだってこんな残酷なことをなすったんです」

と、あいかわらず物悲しげな声である。

「おれは……おれは……」

と、山上八郎はちょっと口ごもったが、すぐ昂然《こうぜん》と肩をそびやかすと、

「おれは麻薬密輸のボスと女王を誅伐《ちゅうばつ》してやったのだ。人道の敵を滅ぼしてやったんだ」

「なるほど」

と、金田一耕助はすなおな調子で、

「しかし、それじゃ、前田姉妹を殺害なすった大義名分が立ちませんね」

山上八郎はことばに窮したのか、返事はなくて、返事のかわりに歯ぎしりの音が聞こえてくる。

「山上さん」

と、しばらくまをおいて、金田一耕助がまた物悲しげな声をかけた。

「なるほど、最初の出発点はそうだったかもしれません。しかし、三月一日の晩、彫亀を神崎八百子の部屋につれこんだとき、壁のなかでオルゴールが鳴り出した。あなたはそこではじめて、そこにかくし金庫のあることを知り、そこに秘蔵されているであろう神崎八百子の、おびただしい宝石類に食指を動かされたんじゃないんですか」

「おのれ！　おのれ！」

山上八郎ははげしい音を立てて歯ぎしりすると、

「殺してやる！　殺してやる！　金田一耕助を殺してやる！」

あとから思えば山上八郎は自殺するつもりだったにちがいない。めくら滅法ピストルを乱射しながら、金田一耕助のかくれている墓石めがけて突進を開始したので、

「撃て！」

と、等々力警部も命令を下さざるをえなかった。命令を下すと同時に警部自身も二、三発つづけさまにぶっぱなした。

山上八郎がピストルをその場に取り落として、みずから掘った墓穴のなかに、仰向けざまにひっくりかえっていくのを見たとき、四人はいっせいにそのほうへ走りよっていった。

山上八郎の死体の下に、半分掘り出された全裸の女の死体があった。

「警部さん、ごらんなさい、その死体の左の指を……猫眼石の指輪をはめているでしょう。山上八郎はロマンチストだったんですね。前田豊子の死後、約束を守ってスペードの女王にしてやったんでしょう」

金田一耕助は咽喉にひっかかったような声でつぶやいたが、さらにことばをついで、

「そうそう、前田豊子のスペードの女王を調べてごらんなさい。神崎八百子のスペードの女王と、ちがっていることがおわかりでしょう」

等々力警部は入念にそこの部分を調べたのち、

「女王の顔があべこべにむいている」

と、断固としてつぶやいたのち、唇をへの字なりに結んでしまった。

結局そのことによって彫亀は、神崎八百子に復讐《ふくしゅう》したことになるのだと、後日、金田一耕助は坂口キク女をなぐさめたそうである。

解説

中島河太郎

探偵小説に親しんでいる読者なら、トリックに型があって、一人二役とか、密室とか、アリバイ打破など、その代表的なものに馴染《なじ》んでいるだろう。

また横溝正史氏の忠実な読者なら、氏が「顔のない屍体」のトリックに、特に関心を寄せて、しばしばその作品に使用されていることも承知しておられるはずである。

昭和十年前後といえば、わが探偵小説界にとっては、いわば疾風怒濤の時代であった。通俗物全盛にあきたらぬ機運が興って、批評の振興、小栗虫太郎、木々高太郎らの新人登場、海外本格長篇の紹介などが相俟《あいま》って、その本質論をはじめ、新探偵小説待望の声が澎湃《ほうはい》と起こった。

著者は昭和七年に博文館を退社し、文筆専業を志した矢先、発病して喀血《かっけつ》し、療養生活を余儀なくされていた。だからこれらの新機運を転地先の諏訪で感じとる他はなかったのである。

一年半の闘病生活を経て再起したのは十年のはじめで、「鬼火」は氏の転機を告げる問題作であったばかりでなく、新生探偵小説の炬火《きよか》となった。

それから「蔵の中」「かいやぐら物語」「蠟人」など、戦前の耽美的傾向の代表作がつぎつぎに生まれでたのだが、健康を害していたので、小説以外にはほとんど筆を執《と》らなかった。

当時活発な探偵小説論を載せていた専門誌「ぷろふいる」「探偵文学」「探偵春秋」あるいは「月刊探偵」の編集者から、しきりに意見を求められたが、需《もと》めに応じられなかった。責めを果たそうと思って、手帳のはしや原稿紙にその時々の感想を書きつけておいたが、発表するには至らなかった。

十二年に氏の年来の友人が出版社を興して『真珠郎』を刊行した。谷崎潤一郎の題字、江戸川乱歩の序文、松野一夫の口絵、水谷準の装幀という、先輩友人の好意に飾られた豪華本となったが、その付録に「私の探偵小説論」を添えている。

これはこの書物の刊行を機会に、これまで書き散らした草稿をひとまとめにしたものだが、そのなかに「顔のない屍体」というエッセイがある。著者が早くからこのトリックに深い興味を抱いていたことが歴然とする。

このトリックは「一人二役」や、「密閉された部屋における殺人事件」などとともに、「もっとも顕著なトリックの一つである、どんな作家も、一度は必ずこのトリックと取っ組んで見ようという衝動にかられるらしい」といい、このトリックを扱った作品をやつぎばやに四篇読んだという感想を述べておられる。

その四篇というのは、フィルポッツの「赤毛のレドメーン一家」、クイーンの「エジプト十字架の秘密」、ステーマンの「殺人環」、乱歩の「柘榴《ざくろ》」である。

このトリックが他に比べて、「非常に顕著な相違があるというのは、他のものにはそれぞれ、いろいろな解決法があって、作者の覘《ねら》いどころの力点が、主として、どのような解決法によって読者を驚かせるかというところにあるのに反して、『顔のない屍体』の場合には、いつもその解決法が極っているということである」と述べ、また「探偵小説の興味の多くが、その意外なる解決法にあるにも拘《かかわ》らず、『顔のない屍体』の場合に限って、常に解決は読者に看破《かんぱ》されることになるのである。それにも拘らず、この問題がいつも読者の興味をとらえ、作者の食欲をそそるのは、興味の焦点が解決法にあるのではなくて、いかにして分りきった解決が、巧みにカモフラージされるかというところにある」と、著者は関心のよりどころを吐露された。

横溝氏は最近読んだというこれらの作品に、縦横に論評を加えながら、このトリックは「やはり被害者と加害者が入れ換わっているというほうが、少くとも、現在では面白いようである。作家はそれをいかにカモフラージすべきか、そこに工夫をこらすべきであるようだ」と結んでおられる。

これほど執着をもっておられるトリックだから、著者は手をかえ品をかえ、新しく創意をこらして取り組んでいる。氏の作品を渉猟《しょうりょう》している読者なら、たちどころにいくつも浮かんでくるはずだが、本書もその一つで、昭和三十五年六月に書下し長篇として刊行された。

復員して間もなく、「獄門島」の事件を解決した金田一耕助は、京橋裏のビルに見すぼらしい事務所を開いた。間もなく旧制中学時代の級友風間とあう。彼は土建屋で、その二号の経営する割烹旅館松月に居候《いそうろう》をきめこんだ。その後、数々の事件を解決したので、収入もふえたのであろう。世田ヶ谷区緑ヶ丘町のしゃれた高級アパートに移った。これが昭和二十九年のことだから、本書の事件はその新居に持ち込まれたことになる。

彫り物の第一人者といわれた男の細君の話は奇怪を極めていた。事故死した夫の経験談だが、目隠しをされて車に乗せられ、眠っている女性の内股に入れ墨をさせられたというのだ。しかもそのお手本は、彫り物師を案内した女性が、同じ場所に彫ったスペードのクイーンである。彼女のほうは気づかなかったらしいが、それを見た彫り物師は、七年前に自分が手がけたものだった。

仕事を終えて家へ戻ってきたものの、二十日もたたぬうちに、彫り物師はふしぎな死を遂げたが、警察はその調べに熱を入れてくれなかった。ところが半年後に首なし女性の水死体が片瀬沖で発見され、その内股の付け根にある入れ墨の図柄に思い当るものがあったので、金田一への往訪となったのだ。

首なし死体の上に、同様の入れ墨をした二人の女性が姿を消しているので、どちらが被害者か、あとあとまで正体がつかめない。二人の彫った年代には七年の差があるのだが、医学的にはそれを彫った年時の推定は困難なのである。

お手本の入れ墨のほうだと、麻薬密輸の大ボスの妾であり、新しく彫られた女性は、政財界の背後にいる汚職屋の愛人であるが、どちらにしても被害者が判明することによって、奥にある底知れぬ秘密の暴露のきっかけになりそうだが、あいにくきめ手がつかめぬという焦燥感が、サスペンスを一段と盛りあげている。

しかも首なし死体はその前奏曲にすぎなかった。凶悪無類の犯人は、まるで虫けらを殺すように三人の男女を片づけた。しかも強敵の金田一までを狙って、緑ヶ丘荘の入り口に潜んでいたほど、自分の進路を塞《ふさ》ぐものは打ち倒すのに平気だった。

普通であれば入れ墨のお陰で、すぐ身許は分るはずだが、この事件だけはその存在が邪魔になるのだ。「顔のない屍体」トリックを、入れ墨を導入することによって、物語の興趣を猟奇的にも神秘的にも高めることに成功している。同一トリックとはいいながら、著者のように趣向のこらしようによって、どんなにでも新鮮で変化に富んだ物語を生み出せるかを立証した。精進の力ほどおそろしいものはない。

本書は、昭和五十一年二月に小社より刊行した文庫を改版したものです。なお本文中には、妾、女中、支那、支那人、気ちがい、狂った、人夫、めくら滅法など、今日の人権擁護の見地に照らして、不適切と思われる語句や表現がありますが、作品全体として差別を助長するものではなく、また、著者が故人である点も考慮して、原文のままとしました。

（編集部）

スペードの女《じよ》王《おう》

横《よこ》溝《みぞ》正《せい》史《し》

昭和51年 2月25日　初版発行
令和3年 11月25日　改版初版発行
令和6年 11月25日　改版再版発行

発行者●山下直久

発行●株式会社KADOKAWA
〒102-8177　東京都千代田区富士見2-13-3
電話　0570-002-301(ナビダイヤル)

角川文庫 22910

印刷所●株式会社KADOKAWA
製本所●株式会社KADOKAWA

表紙画●和田三造

●お問い合わせ
https://www.kadokawa.co.jp/（「お問い合わせ」へお進みください）
※内容によっては、お答えできない場合があります。
※サポートは日本国内のみとさせていただきます。
※Japanese text only

ISBN 978-4-04-111844-3　C0193